COTIDIANO
entre linhas e letras

DIÁRIO AO CONTRÁRIO

SÔNIA BARROS

8ª edição

Ilustrações: Roberto Weigand

Conforme a nova ortografia

Atual Editora

SARAIVA Educação S.A.
Avenida das Nações Unidas, 7.221 – Pinheiros
CEP 05425-902 – São Paulo – SP
www.editorasaraiva.com.br

Tel.: (0xx11) 4003-3061
atendimento@aticascipione.com.br

Dados Internacionais de Catalogação na Publicação (CIP)

Barros, Sônia, 1968-
Diário ao contrário / Sônia Barros; ilustrações: Roberto Weigand. – São Paulo: Atual, 2009. – (Entre Linhas e Letras)

Inclui roteiro de leitura.
ISBN 978-85-7056-880-9

1. Literatura infantojuvenil. I. Weigand, Roberto. II. Título. III. Série.

CDD-028.5

Índices para catálogo sistemático:
I. Literatura infantojuvenil 028.5
2. Literatura juvenil 028.5
Série **Entre Linhas e Letras**

19ª tiragem, 2024

Desenvolvimento de produto
Gerente editorial: Wilson Roberto Gambeta
Editor: Henrique Félix
Assessora editorial: Shirley Gomes
Editor de texto: Noé Gonçalves Ribeiro
Preparação de texto: Célia Tavares
Editora de arte: Thaís de Bruyn Ferraz
Roteiro de leitura: Arlete Betini

Produção editorial
Gerente: Cláudio Espósito Godoy
Coordenador: Milton M. Ishino
Assistente: Márcia Regina Novaes
Revisão: Pedro Cunha Jr. e Lilian Semenichin (coords.)/Janaína da Silva
Editor de arte: Celson Scotton
Chefes de arte: Glair Alonso Arruda/Marcos Puntel de Oliveira
Diagramação: Maurício Fernandes da Silva/Julia Nakano
Editoração eletrônica: Silvia Regina E. Almeida (coord.)/Grace Alves
Impressão e acabamento: Log&Print Gráfica, Dados Variáveis e Logística S.A.

Colaboradores
Projeto gráfico: Glair Alonso Arruda

CL: 810453
CAE: 602619

SUMÁRIO

A Sebastiana Barros,
que me deu a vida, e a
Maria Aparecida Rangel Murbach,
que me ensinou a viver.

Agradecimentos especiais

A Mário Lago, meu avô do coração
em sonhos encantados, portadores
da mais viva esperança.

A Wagner Costa, sensível escritor e
amigo especial que me abriu as portas
para a realização de um grande sonho.

A Henrique Félix, que colaborou
na elaboração e edição deste meu primeiro livro.

POR QUE DIÁRIO AO CONTRÁRIO?

Eu nunca fui de escrever. O meu negócio sempre foi jogar bola, adoro futebol! Também sei nadar muito bem e quando entro na água não quero sair tão cedo. Escrever? De jeito nenhum. Nem carta, nem bilhete, nem nada. Muito menos diário, que parece coisa de menina. Na escola, quando a professora pedia pra fazer redação, eu era o primeiro a reclamar. Por isso, estranhei muito essa vontade que me agarrou assim tão de repente. Isso mesmo. Eu fui agarrado por uma vontade esquisita que não me largou mais: escrever um diário! Era só o que me faltava.

É que aconteceu na minha vida uma coisa muito, mas muito *dez* mesmo! Dessas que a gente não esquece. Pra mim, foi um verdadeiro milagre. E foi por isso que me deu esse estalo aqui dentro. E eu pensei: é isso! Preciso escrever tudinho o que aconteceu! Para registrar, entende? Para não deixar escapar nenhum detalhe.

Só que o estalo me deu bem depois de tudo ter acontecido. E eu fiquei na dúvida. Como é que eu vou escrever um diário que não é mais diário? Porque no diário a gente tem que escrever o que aconteceu bem naquele dia, e depois no dia seguinte, no outro dia, e no outro... conforme as coisas vão acontecendo, diariamente. O próprio nome já diz. Mas eu fiquei meio atordoado com aquilo que aconteceu e, na época, eu nem conseguiria escrever nada, de tanta felicidade, e de tanta confusão também. A minha vida deu uma virada total!

Dois meses se passaram. Por isso eu resolvi que o meu diário seria diferente, e pronto. Escrito do fim pro começo. Quer dizer, eu iria escrever, escrever, voltando no tempo, como se estivesse vivendo cada momento novamente, até chegar naquele dia incrível. O dia mais feliz da minha vida. E foi assim que começou o meu diário.

Diário ao contrário!

22/FEVEREIRO (TERÇA-FEIRA)

HOJE me aconteceram duas coisas muito diferentes, Uma ruim e outra legal. Vou começar pela ruim.

De manhã, eu nem queria sair da cama. Tinha um buraco dentro de mim. Uma dor esquisita. E não era machucado, nem doença. A dor vinha lá de dentro. Bem do fundo.

É que eu resolvi inventar você, Diário, pra registrar algumas coisas importantes da minha vida. Pra isso, eu comecei a me lembrar de tudo o que ficou para trás. Foi aí que aconteceu. Tudo aquilo que passou foi voltando, voltando, caindo de repente em cima de mim. E abriu esse buraco.

Eu sei que muitas coisas foram boas demais, tanto que nem dá pra acreditar que realmente aconteceram comigo, e ainda estão acontecendo. Mas outras, que me aconteceram antes, foram tão ruins, que só de pensar eu tive a sensação de que estavam voltando. Por isso o buraco se abriu e começou a doer tanto.

Foi preciso um esforço danado pra acabar com aquela dor esquisita. Mas consegui. E eu consegui porque sei muito bem que o "milagre" que um dia aconteceu na minha vida pode tapar qualquer buraco. Pode transformar tristeza em alegria!

E, por falar em alegria, adivinhe qual foi a coisa boa que me aconteceu hoje à tarde! Vencemos por 3 × 0 o time das 7ªs séries!

Ficaram *p* da vida com a gente. Pra eles, foi uma vergonha serem derrotados pelo time das 6as séries. Por 3 × 0, Diário! E o melhor de tudo você ainda não sabe. Marquei o primeiro gol! Isso mesmo. Euzinho aqui tive o gostinho de fazer o primeiro gol contra aquele time de babacas. Alguns até que são legais, mas outros são tão metidos que não dá pra aguentar. Foi bem feito pra eles, que se achavam invencíveis. E foi uma verdadeira festa para o nosso time!

Mas a alegria não parou aí, não. Você acredita que até a Luciana veio falar comigo depois do jogo? Disse que eu fui o melhor jogador do time! Fiquei todo cheio, lógico. Não esperava que ela viesse falar comigo, ainda mais pra me elogiar daquele jeito. Alegria em dose dupla, Diário!

Para quem não queria nem sair da cama hoje, até que o dia terminou muito bem, você não acha?

21/FEVEREIRO (SEGUNDA-FEIRA)

ESTOU no meu quarto, sozinho. Quer dizer, sozinho não, porque o Ganso está aqui comigo. Ele é um companheiro e tanto! Lá fora, uma chuva braba. Forte mesmo. Parece até que não vai acabar nunca.

É incrível como certas coisas mudam dentro da gente. Antigamente, eu odiava tempo de chuva. E ainda hoje me lembro das enchentes horríveis. Acho que nunca vou esquecer... Mas ainda bem que ficou apenas na lembrança, no fundo do coração. Consegui perder o medo da chuva e até acho gostoso ficar ouvindo o barulho no telhado, a água escorrendo na vidraça.

Aliás, esse tempo me dá um sono danado, uma baita preguiça. Se eu me deitasse agora, acho que dormiria o resto da tarde. Coisa boa que é dormir assim, quando está chovendo e não se tem nada pra fazer. Só que hoje eu tenho, sim, uma coisa bem melhor pra fazer do que ficar dormindo! (Ainda bem que a minha prima Liliane não apareceu por aqui. E tomara que não apareça.)

É que o Juca já deve estar chegando. Espero que ele não desista de vir por causa da chuva. Vamos estrear meu videogueime! Não é demais? Um videogueime só meu! Presente do meu pai. Ele tinha prometido, e cumpriu. Ganhei hoje, quando cheguei da escola. Ele não é o melhor pai do mundo?

Sabe que eu fico com vergonha só de lembrar que às vezes brigo com ele? Não sei por que acontece isso. Não é sempre, claro, mas, quando percebo, já disse o que não era pra dizer e acabo magoando o meu pai, coitado. E ele é tão bom pra mim. Hoje, por exemplo, parecia mais feliz do que eu, quando me deu o videogueime.

Acho que com o tempo eu aprendo a ser um filho melhor...

20/FEVEREIRO (DOMINGO)

HOJE não me aconteceu nada de muito interessante. Mas, em compensação, *ontem* foi demais! Níver do Juca! Tremenda festa, Diário. Tinha gente à beça. Nunca pensei que uma festa de aniversário pudesse ser assim tão badalada, tão cheia de gente. Parecia até festa de casamento.

As meninas capricharam e estavam de arrasar. A Luciana, então, estava linda! Pena que eu não tive coragem de conversar com ela e fiquei só olhando, paquerando e "babando", de longe mesmo.

O Guga e o Pedro não apareceram, por causa da encrenca que armaram comigo na quinta-feira. O Juca não quis aqueles dois na festa de jeito nenhum.

Ah! Você não imagina o que aconteceu! A Claudinha me deu o maior susto. Aliás, foi uma delícia de susto, que poderia ter sido melhor ainda se tivesse sido dado pela Luciana. Eu estava dançando com a turma, quando ela foi chegando perto de mim. Olhou bem pra minha cara e me beijou! Na boca, Diário! Que menina pirada! E eu sei que a Claudinha nem gosta de mim. É superapaixonada pelo Paulo da 7ª C. Mas aposto que ela fez aquilo porque o Paulo estava dançando havia um tempão com outra menina.

Eu fiquei paralisado, não esperava aquele beijo. Quando fui dizer alguma coisa, ela já tinha saído. Depois continuei dançando com a turma, que tirou o maior sarro. Nem liguei e acabei rindo também.

A festa foi até bem tarde. Meu pai me deixou dormir lá. Depois que todo mundo já tinha ido embora, eu e o Juca ficamos conversando até de madrugada. E ele me disse que me acha um cara legal, amigo mesmo, e que não importa tudo o que aconteceu comigo antes da gente se conhecer. O que importa é *hoje*, o que eu sou *agora*. Me deu um nó na garganta.

Eu estava mesmo precisando ouvir aquilo, porque no começo da festa, sem mais nem menos, tinha me dado uma coisa tão esquisita, uma tristeza tão sem motivo. Comecei a me sentir sozinho, diferente de toda aquela gente que estava lá. Fiquei com vontade de chorar, de xingar, de ir embora. Depois foi passando, e eu voltei a me divertir.

Então, antes de dormir, quando o Juca me disse essas coisas todas, eu me senti superbem. É muito bom saber que a gente tem um amigo de verdade!

19/FEVEREIRO (SÁBADO)

ANIVERSÁRIO do Juca!

Parabéns, amigão! Trilhões de coisas legais pra você!

Nossa, Diário, hoje eu tive um dia supercheio! E nem acabou ainda, porque à noite é a festa do Juca. Grande noite!

De manhã, fui ao clube para a aula de natação. Estou adorando! E vou precisar treinar muito, porque em abril começa o campeonato interclubes, e eu quero ser escolhido para competir.

Depois da natação fui ao consultório da dra. Cristiane. Sabe que eu não via a hora de voltar lá? Sábado passado foi tão bom... E hoje foi melhor ainda, quase não doeu. Ela estava superbonita, Diário. E me tratou tão bem, conversou tanto comigo, que eu nem queria ir embora.

À tarde, fui à escola para o ensaio da peça que a minha classe vai apresentar. Foi o nosso primeiro ensaio, mas acho que vai dar pra fazer uma apresentação lindona! Sabe que eu estou curtindo muito essa ideia de fazer teatro? Parece que a gente se transforma em outra pessoa. É bárbaro!

Depois do ensaio, começou o treino de futebol. O jogo contra as 7ªs séries é dia 22, terça-feira que vem. Marquei um gol lindo, Diário! Tomara que eu jogue bem assim no dia do jogo, né? A turma de metidos das 7ªs bem que merece uma lição. (Principalmente o Guga e o Pedro.)

O Juca também participou do ensaio e do treino. Ele me convidou pra dormir na casa dele hoje, depois da festa. Vou pedir ao meu pai, espero que ele deixe. Ah, Diário, estou tão ansioso por causa dessa festa. Parece até que o aniversariante sou eu. Pra dizer a verdade, bem que eu queria que a festa fosse minha. Deus me livre de sentir inveja de alguém. Do Juca, então, nem pensar! Agora ele é o meu melhor amigo, você sabe. E, além disso, já passou o tempo em que eu morria de inveja de um monte de gente...

Mas, pensando bem, sei lá... Será que é isso, Diário? Vai ver eu estou mesmo sentindo inveja. Vontade de ter outra festa de aniversário. A minha já foi, mas acho que eu queria outra, só pra compensar todos aqueles aniversários tristes que eu tive na vida.

É isso. Não é inveja do Juca. É da festa. Eu sei que o Juca não tem culpa de nada, por isso eu quero que dê tudo certo pra ele. Então, faz de conta que a festa também é minha, pronto. Quero me divertir pra valer!

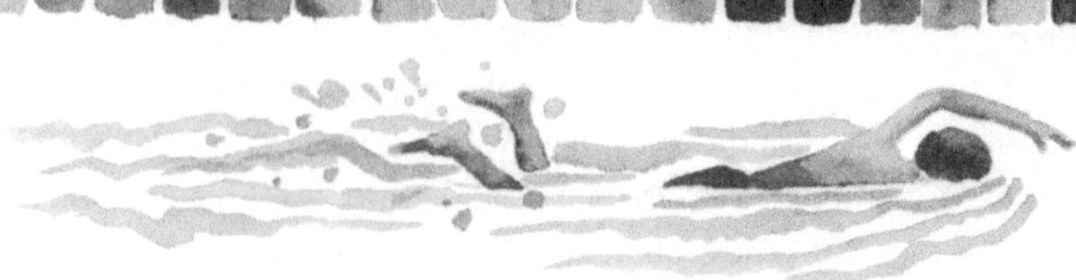

18/FEVEREIRO (SEXTA-FEIRA)

GOSTEI tanto das aulas de hoje. Os professores programaram um mesmo assunto para ser estudado em matérias diferentes. O tema escolhido foi *família*.

Logo nas duas primeiras aulas, a professora de História começou a falar sobre a origem da família. Explicou como eram as primeiras famílias do mundo, onde viviam, seus costumes, suas crenças, e também algumas mudanças que foram acontecendo. As aulas foram hiperinteressantes.

Depois a professora de Educação Artística dividiu a classe em grupos, para a organização de um teatro. Essas aulas também foram *super dez*! Cada um recebeu o seu papel para estudar em casa e se preparar para os ensaios e a apresentação final. O primeiro ensaio é sábado, antes do treino.

As duas últimas aulas foram de Português, e, como a gente está aprendendo a fazer *descrição*, a professora pediu para cada um descrever uma pessoa da família. Era pra fazer uma descrição física e psicológica, quer dizer, descrever a pessoa "por fora e por dentro".

Eu não gostei nem um pouco dessa ideia, achei que seria muito difícil. Mas, como não tinha jeito de escapar, tentei fazer alguma coisa. Primeiro, fiquei na dúvida, não sabia se iria escrever sobre o meu pai ou sobre a minha mãe. Até que acabei escolhendo a minha mãe. Então fui pensando nela e organizando as ideias antes de começar. Sabe que não foi tão difícil como eu imaginava? Afinal, ela é tão especial, que daria pra fazer um livro sobre ela! Acho que a minha redação ficou bem legal.

E agora, me lembrando disso, me deu vontade de escrever sobre a minha mãe pra você também, Diário. Registrar aqui nas suas páginas um pouquinho dessa mulher genial que ela é. Tentar fazer um retrato dela.

Sabe que eu sempre achei a minha mãe uma mulher diferente das outras? Pra começar, só por ela ter feito o que fez por mim tinha que ser diferente mesmo. Muito especial. E eu não me canso de ficar olhando pra ela. Tem filho que não sabe nem a cor dos olhos da mãe! Eu, não. Presto a maior atenção na minha. Ela é tão bonita! É um pouco gordinha, com mania de regime, mas é bonita assim mesmo. Por dentro, então, lá no coração, ela é ainda mais linda! Quer um exemplo? Olha só.

Minha mãe adora bicho. (O Ganso mesmo é prova disso, pois foi ela quem convenceu o meu pai a ficar com ele.) Na rua, ela não pode ver um cachorro, ou um gato, um passarinho... que vai logo parando pra olhar. Às vezes, ela tem até vontade de levar pra casa, dar comida, *adotar* mesmo. Meu pai fala que ela é uma alma boa. E que as pessoas que têm a alma assim são incapazes de fazer mal a um animal e muito menos a uma pessoa. Eu concordo. Gente que mata gato, por exemplo, ou maltrata os animais, só pode ter um coração de pedra, uma alma ruim.

Minha mãe, não. Trata bem os animais e as pessoas, claro. Se alguém vem pedir ajuda aqui em casa, ela faz tudo o que pode. Dá comida, roupa, atenção, e a pessoa vai embora contente, agradecida. Todo mundo adora a "dona Laura".

Meu tio Luís, pai da Liliane e único irmão da minha mãe, me disse que ela sempre foi assim, desde menina. Gostava de bicho e de gente. Tinha sempre um animal de estimação em casa e muitos amigos por perto.

Às vezes eu reclamo porque ela tem mania de organização. Sabe o que é isso? Acho que é uma mania de mãe mesmo. Quer que as coisas fiquem todas no lugar, não gosta de bagunça. Por isso ela vive pegando no pé do meu pai e no meu. Mas não tem problema, não. Ninguém é perfeito.

Agora, de uma coisa eu tenho certeza: ela e meu pai parecem tão felizes! É claro que eles também discutem e, de vez em quando, acabam brigando por alguma coisa, como todos os pais normais do mundo. Mas depois fazem as pazes e fica tudo bem de novo.

Hoje de manhã, na hora do café, eles estavam conversando, e minha mãe parecia superanimada, contando sobre o livro que está traduzindo. Meu pai deu a maior força pra ela, disse que a tradução está ficando ótima e mais isso e mais aquilo e mais não sei o quê. É incrível como aqueles dois conversam!

Eu nem sabia que existia esse negócio de traduzir livro que foi escrito em outra língua. Mas é exatamente essa a profissão da minha mãe: tradutora! E, pelo jeito, ela adora fazer isso.

À tarde, ela estava rindo sozinha. Perguntei por que estava tão contente, e ela me respondeu que tinha conseguido traduzir uma poesia linda de um tal poeta inglês. Então eu quis ver a poesia, e ela leu pra mim, em português, lógico. Mesmo assim, eu não entendi muito bem, não. Ela me disse que daqui a alguns anos eu vou entender e acha até que vou gostar muito. Pode ser, sei lá. Como é que eu vou saber?

O que sei é que a minha mãe é mesmo muito diferente das outras...

17/FEVEREIRO (QUINTA-FEIRA)

PUXA, Diário, hoje aconteceu uma coisa que eu não posso deixar passar em branco. É que eu tive certeza de que o Juca é amigo mesmo. E eu que pensei que, depois do Betão e da Cíntia, nunca mais encontraria um amigo de verdade, legal como aqueles dois sempre foram... Preciso contar pra você.

Depois do treino de futebol, fui tomar um refrigerante na cantina, e o Guga e o Pedro, aqueles caras metidos a besta da 7ª A, também estavam lá. Foi só eu chegar e já começaram a cochichar. Eu sabia que estavam falando de mim, porque eles vivem me provocando.

Você sabe que a minha classe já está me aceitando e quase todos os colegas parecem gostar de mim. O meu time, então, está mais do que satisfeito comigo. Todo mundo diz que eu jogo superbem e ninguém quer que eu saia do time. Mas aqueles caras da 7ª não pensam assim, e não é porque eu jogo no time adversário, não. O problema sou eu mesmo. Acho que me odeiam. Eu tento não ligar, só que hoje não deu, eles exageraram. Começaram a falar alto, disseram umas coisas que doeram pra burro.

Fiquei supernervoso. Nem me lembrei de que eles eram dois, e eu, um só. Já tinha resolvido partir para a briga, quando o Juca apareceu. Os dois covardes afinaram e começaram a rir para disfarçar, dizendo que era só uma brincadeira. Mas não conseguiram convencer o meu amigo, não. O Juca olhou bem pra eles e disse: "Quem não é amigo do Dudu também não é meu amigo. Vocês dois estão 'desconvidados' para o meu aniversário. E, enquanto não tratarem muito bem o Dudu, não precisam mais falar comigo".

É que o aniversário do Juca é sábado que vem, dia 19. E vai ser a festa do ano! Diário, você precisava ver a cara dos dois. Perderam a voz. Murcharam. Sabe que fiquei até com dó? Eles estavam esperando tanto por essa festa! Mas bem que mereceram.

O Juca é gente fina, mesmo! Nem parece que é rico daquele jeito. E olha que eu sempre desconfiei dessa gente rica, metida, que gosta de mandar em tudo e não se mistura. Mas o Juca é diferente, cara simples, legal demais! Nossa amizade fica melhor a cada dia e estamos sempre juntos.

Só que alguém já está ficando com ciúme dessa amizade. Sabe quem é, Diário? Acertou. É ele, sim, o Ganso. Fica aqui do meu lado o tempo todo, me olhando desconfiado.

Não precisa ter ciúme, Ganso. Você também é um superamigão!

16/FEVEREIRO (QUARTA-FEIRA)

ANIVERSÁRIO da Liliane!
Parabéns, prima! Feliz niver pra você!

A gente vive brigando, mas no fundo ela até que é legal. É a única prima que eu tenho, e acho que é por isso que a gente briga tanto. Quer dizer, tem o irmão dela, o Flavinho, mas ele ainda não conta, só tem quatro anos. O meu pai é filho único, assim como eu, então não tinha jeito de eu ter outros primos. Mas que a Liliane é cheia de nove-horas, ah, isso é. Você acredita que ela ficou toda emburradinha só porque o aniversário dela caiu numa Quarta-Feira de Cinzas? Disse que é um dia meio triste pra fazer aniversário. Vai ver ela queria mandar até no calendário, vê se pode!

Quem nunca sofreu na vida e sempre teve tudo o que quis adora reclamar por qualquer bobagem. Parece que não dá o menor valor para as coisas que tem. Se a Liliane tivesse vivido metade de tudo o que eu vivi, seria bem diferente... Mas deixa pra lá, vai. Cada um tem uma história nesse mundo. Quero mais é que a minha prima seja muito feliz. Assim como eu sou agora!

Ah! Preciso contar uma coisa pra você. Aquilo que me aconteceu no clube ontem, em pleno carnaval, acabou bem. Meu pai foi tão amigo. Pensei que ele fosse me dar uma bronca, mas não deu, não. E olha que fui até meio grosso, respondi mal quando ele quis saber o que tinha acontecido. Eu disse que não interessava, que era coisa minha, problema meu! É que eu estava tão nervoso, que nem pensei pra responder. Mas ele entendeu o que eu estava sentindo e não brigou comigo.

Depois fui me acalmando, e ele ficou do meu lado, me dando a maior força, me ajudando a desabafar. Também falou tanta coisa pra mim. Nossa, Diário, que pai eu tenho! Ele entendeu tudinho. Até chorei. Mas chorei de alívio, de alegria. Depois que a gente conversou, senti um alívio gostoso. Parecia que um peso enorme tinha sido tirado de cima de mim.

Estou me sentindo leve até agora...

15/FEVEREIRO (TERÇA-FEIRA)

CARNAVAL!

É claro que hoje não teve aula, nem treino, por causa do feriado. O Brasil inteiro fica na maior agitação! Não se fala em outra coisa, né, Diário? Meus pais não ligam muito pra carnaval, não. Mas me deixaram ir ao clube para a matinê. Foi o pai do Juca quem levou a gente. Eu estava tão animado!

Sabe, Diário, eu pensei que seria fácil. Já tinha preparado tudo aqui na minha cabeça. Era só chegar lá e me divertir. Ficar com a turma, pular, cantar, fazer a maior farra. Quem sabe, até convidar a Luciana pra pular comigo! Seria o meu primeiro carnaval de verdade.

Ah... mas deu tudo errado. Acho que também estraguei o carnaval do Juca. De repente, eu fiquei me sentindo um E.T. lá no meio do salão. Tanta gente, tanta fantasia, aquelas músicas. Comecei a me lembrar... Eu não queria, mas acabei me lembrando de tudo.

O carnaval de rua... eu pedindo pra ir também, mas tendo que ficar trancado naquele lugar horroroso... O carnaval lá fora pra todo mundo, menos pra mim... O dia amanhecendo, e eu sozinho... A noite chegando outra vez... O medo e a fome tomando conta de mim, se transformando em raiva.

Já faz tempo, eu sei, mas ainda não deu pra esquecer, Diário. Foi horrível. Eu olhava aquela gente toda pulando no salão e me sentia mal. Era como se eu estivesse fazendo uma coisa que não deveria fazer, uma coisa proibida pra mim, entende? Parecia que a qualquer momento alguém iria me tirar dali, me bater, me trancar, como antigamente.

Fiquei com uma vontade louca de chorar. Saí correndo, queria ir embora. O Juca foi atrás de mim, e acabamos indo embora juntos para a casa dele, que fica mais perto do clube. Telefonei para o meu pai ir me buscar lá. Enquanto ele não chegava, o Juca ficou me perguntando por que eu estava daquele jeito, mas não consegui responder nada. Só conseguia chorar. Acho que fiz papel de idiota, parecia um bebê chorão.

Que droga, Diário! Será que é tão difícil assim se acostumar com a felicidade? Será que não dá pra esquecer de uma vez a tristeza que ficou lá atrás?

14/FEVEREIRO (SEGUNDA-FEIRA)

Hoje eu vi uma coisa que mexeu muito comigo. Foi a minha mãe. Ela estava no quarto dela, toda emocionada, olhando uma foto minha. (Acho que foi por causa do pesadelo que eu tive na madrugada de domingo e da conversa que nós tivemos depois.) A foto que ela estava olhando foi tirada bem "naquele" dia, 24 de dezembro do ano passado. Ela chorou, Diário. Fiquei só olhando de longe. Minha mãe ali chorando por minha causa. Eu estava na porta, mas não queria que ela me visse; então saí devagar, sem fazer barulho.

Ah, Diário, como eu gosto dela. Às vezes a gente briga porque ela vive me mandando fazer isso, fazer aquilo, e acaba me enchendo um pouco. Mas eu sei que ela é a mulher que todo menino gostaria de ter como mãe. E é minha! Só minha! Nem irmão eu tenho pra dividir essa mãe incrível.

O que eu não entendo é por que alguns colegas meus reclamam tanto das mães. Às vezes, falam horrores das famílias que eles têm. Reclamam da mãe, do pai, dos irmãos. Na minha classe mesmo tem um menino que morre de vergonha da mãe. Deus me livre ter vergonha da minha mãe! Eu tenho é o maior orgulho, isso sim.

Sabe que a palavra *mãe* tem sabor pra mim? É, sabor mesmo. Tem um gosto bom. Mãe... É um gosto diferente. Essa palavra é como uma comida gostosa que a gente nunca experimentou, sabe? E quando experimenta, acha tão bom que não quer que acabe mais. Pra mim é assim. Agora, pelo menos, é assim.

Não quero que ela sofra nunca. Nunca, ouviu, Deus? Não deixe ela sofrer, não. Por favor. Nem ela, nem meu pai. Cuide bem da gente, Deus. Tá?

Eu quase cheguei a pensar que Deus não ouve o que a gente pede pra Ele. Pois eu já estava cansado de tanto rezar, pedir, pedir, e não ser atendido. Mesmo assim, nunca perdi a esperança. Demorou, mas depois do presente maravilhoso que Ele me deu, na véspera do Natal, eu não posso nem pensar em duvidar. Ele ouve, sim!

Agora eu espero que Ele também dê um jeito na vida do Betão e da Cíntia. Hoje à tarde eu recebi uma carta deles, e deu pra perceber que as coisas continuam tão iguais...

Ah, Deus, cuide dos meus amigos também, tá? Eles precisam tanto.

13/FEVEREIRO (DOMINGO)

SONHEI com a tia Elza, Diário. Apesar de tudo, me deu saudade. Ela sempre foi tão boa pra mim. Mas o sonho não foi legal, não. Foi esquisito. Começou bem e terminou num pesadelo.

Eu estava brincando com a Cíntia, com o Betão e com os outros meninos. A tia Elza olhava a gente de longe, sorrindo. De repente, o sol se escondeu atrás das nuvens, ficou tudo escuro. Todo mundo foi embora, e eu fiquei ali sozinho, superassustado.

Foi aí que apareceu aquele homem. Aquele homem de quem eu não gosto nem de me lembrar. Ele estava todo sujo, bêbado, e me agarrou. Puxou o meu cabelo, me bateu. Eu comecei a gritar feito louco. Não conseguia me livrar dele. Então ele pegou um cigarro e começou a queimar os meus braços, as minhas pernas, e depois o meu rosto! Foi horrível.

Acordei assustado, gritando. Minha mãe veio correndo ver o que estava acontecendo. Ficou no quarto comigo até passar o susto. Perguntei umas coisas pra ela, mas nem ela soube me responder direito. Eu queria saber por que é que acontecem essas coisas na vida de algumas pessoas. Não os pesadelos, mas a realidade mesmo. Quando penso nisso, chego a ficar com ânsia. Sinto vontade de vomitar. Acho que é nojo dessa gente ruim que acaba com a vida dos outros. Às vezes destrói a vida dos próprios filhos. O cigarro queimando a pele é até pouco perto do que muitos costumam fazer.

Ah, eu não quero me lembrar mais disso, Diário, já estou me sentindo mal. Vou mudar de assunto.

Sabe que, deixando de lado o pesadelo, o meu domingo até que foi bom? Fomos almoçar na casa dos meus avós, pais da minha mãe. A família toda estava reunida: meus pais e eu, meus quatro avós (os pais do meu pai também foram), meus tios, a Liliane e o Flavinho.

A Liliane estava meio chata, reclamando que não tem irmã nem prima pra brincar. Disse que menino não entende nada de nada. Nem quis conversar comigo. Sei lá o que foi que deu nela. Minha avó falou assim: "Não liga, não, Dudu. A Liliane está com o ovo atravessado hoje!".

Eu achei engraçado a minha avó falando isso. Você já conhecia essa, Diário? Quando alguém está de mau humor, todo nervoso, dizem que "está com o ovo atravessado".

À tarde, o Juca veio aqui em casa e a gente brincou à beça. (É incrível, Diário, mas parece que a nossa amizade começou há zilhões de anos.) Contei pra ele sobre o "ovo", e ele deu risada, disse que o pai dele também fala isso de vez em quando.

Depois que o Juca foi embora, eu saí com o Ganso para passear um pouco. Então me lembrei do pesadelo da noite passada e me deu até um arrepio. Parecia que estava acontecendo de novo.

Agora eu estou morto de sono, mas sem coragem de dormir. A minha mãe bem que podia ficar aqui comigo até eu pegar no sono, né? Mas eu é que não vou pedir uma coisa dessas pra ela, Diário! Não fica bem. Não sou nenhum bebê, não!

Acho que só tem um jeito. Criar coragem pra enfrentar o medo e tentar dormir.

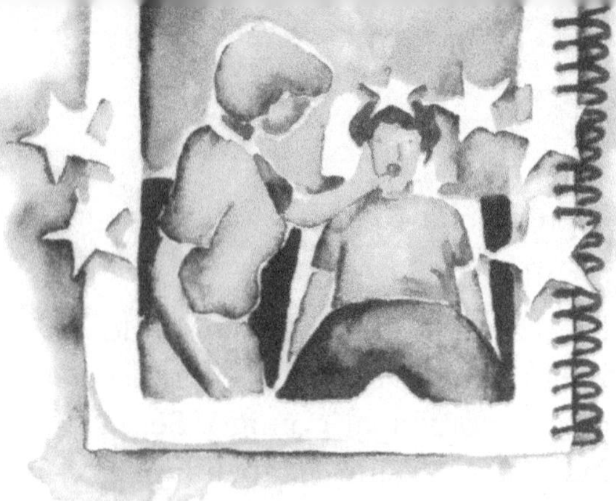

12/FEVEREIRO (SÁBADO)

SÁBADO: dia da minha natação. E você sabe como eu adoro, Diário! Mas, por causa do carnaval, nada de treino hoje. Se bem que, com o que aconteceu, não daria mesmo para nadar.

É que o meu sábado foi bem diferente e me trouxe duas surpresas. Uma ruim, logo de manhã. E, à tarde, uma ótima!

A ruim apareceu acompanhada de estrelas. Isso mesmo. Acordei vendo estrelas, de tanta dor! Uma baita dor de dente me pegou. E foi assim, de repente. Depois que eu tomei um remédio, melhorou um pouco, mas nada de passar de uma vez. Por isso, a minha mãe resolveu telefonar para o dentista pra ver se ele poderia me atender. Mesmo estando de folga neste sábado, ele disse que sim. Fomos correndo pra lá.

Pra falar a verdade, eu estava morrendo de dor, e de medo também. Acho que nem era medo, era pavor! E foi bem aí que apareceu a outra surpresa, a ótima: o medo sumiu! Sabe como? Assim que eu olhei para o dentista. Quer dizer, não era o dentista, Diário. Era *a*. E que dentista! Só de olhar pra ela a dor já diminuiu.

O nome dela é Cristiane. Não é bonito? Ela ficou um tempão mexendo nos meus dentes, e doeu bem menos do que aquela dor horrorosa que eu estava sentindo antes. Ela também conversou muito comigo. E, sem perceber, eu ia me desligando da dor, ouvindo o que ela falava, olhando para os seus olhos verdes... Quando terminou, levantei da cadeira com um sorriso enorme na cara. (Sorriso torto, por causa da anestesia.)

Vou confessar uma coisa. Não vejo a hora de voltar ao consultório da dra. Cristiane! Dá pra acreditar nisso? Mas é verdade, sim. E não é só porque ela é legal e bonita, não. É que eu quero mesmo cuidar dos meus dentes, pra não sofrer mais com as dores e pra ficar com um sorriso lindão!

E, por falar em sorriso, sabe que eu acabo de me lembrar do sorriso maravilhoso da Luciana? Acho que é o mais bonito da escola toda. Ela tem dentes lindos, Diário! Além do resto, é claro.

A dra. Cristiane falou que vou precisar fazer um bom tratamento, e começo sábado que vem. Acho que não vai ser tão ruim assim, hein?

11/FEVEREIRO (SEXTA-FEIRA)

ESTOU feliz pra caramba, Diário! (Acho que é para compensar o dia horroroso que eu tive ontem por causa da briga com os meus pais...)

A minha mãe foi conversar com o professor Celso, lá na escola. Eu sei que as aulas nem começaram direito, quer dizer, ainda não fizemos nenhuma prova, mas mesmo assim eu estava com um pouco de medo. Nem sei por que, mas fiquei pensando que poderia dar alguma zebra, que eu não seria aceito e um montão de coisas ruins.

Que nada! O professor Celso disse que eu estou me dando muito bem na escola, apesar de tudo, e que as aulas particulares que a minha mãe marcou pra mim serão muito importantes pra eu poder acompanhar os outros alunos. Disse também que eu sou muito inteligente, muito esforçado e que, por isso, logo, logo eu entro no ritmo. Minha mãe contou que ele não parou de me elogiar, falou tanta coisa boa de mim, Diário!

Quando meu pai ficou sabendo, abriu um sorrisão. Gostou tanto que até prometeu comprar, no fim do mês, um videogueime só pra mim, igualzinho ao do Juca! Disse que eu mereço. Também acho que eu mereço, mas não estou fazendo nada disso pra ganhar presentes, é claro. Só eu sei como está sendo difícil acompanhar o dia a dia da escola. É tudo muito interessante, diferente, mas é um pouco complicado também. E o pior é a gozação que às vezes eu tenho que aguentar de alguns colegas, ou o gelo, como aconteceu quarta-feira, na aula de laboratório com a professora Dilma. (Ainda bem que isso já está mudando, pelo menos na minha classe.)

Não é fácil, mas sei que vou conseguir. Vou me esforçar bastante. E as aulas particulares que estou tendo desde a semana passada também estão me ajudando a entender melhor as matérias. Sem contar a tremenda força que o Juca está me dando! Ele é um crânio, sabia? Quero aproveitar muito bem tudo isso que está acontecendo comigo. É claro que às vezes dá uma preguiça, uma vontade de deixar tudo de lado. Mas nem quero pensar em desistir. A última coisa que eu quero é ficar sem estudar, Deus me livre! Sei muito bem a falta que uma escola faz na vida da gente.

Ah, se esses babacas que vivem reclamando da escola soubessem como é ficar do lado de fora, sem poder estudar, como é o caso de muitos caras que eu conheci, eles dariam mais valor ao que têm...

10/FEVEREIRO (QUINTA-FEIRA)

HOJE deu tudo errado! Sabe aqueles dias em que você levanta com o pé esquerdo e nada dá certo? Pois foi exatamente assim.

Ontem avisaram na escola que hoje não haveria aula no período da manhã, por causa de uma reunião dos professores. Quando a turma ficou sabendo, foi logo combinando de se encontrar no clube bem cedo pra jogar basquete. E eu estava muito a fim de ir, claro! Ainda mais depois do que aconteceu ontem na aula de laboratório. Com a bronca da professora Dilma, os meninos ficaram uma seda comigo. E até insistiram para eu ir ao clube.

Mas adivinhe só o que aconteceu! Meu pai simplesmente não deixou. E minha mãe concordou com ele. Você acredita nisso? Bem, na verdade, eles tiveram lá as suas razões, mas eu não queria saber de nada. Eu queria ir ao clube, e ponto final. Vou explicar melhor o que aconteceu.

Minha mãe estava com o trabalho atrasado, precisava entregar uma tradução até o fim da tarde e não podia parar para me levar ao clube. Meu pai tinha uma reunião importante no banco e não podia chegar atrasado. E o clube fica fora do caminho que ele faz para ir ao trabalho. Pra ajudar, o Juca viajou, foi com a mãe visitar a avó.

Então eu resolvi que iria sozinho, oras. Foi aí que a minha casa quase veio abaixo! Nem meu pai nem minha mãe me deixaram ir. Vieram com uma história de que era muito perigoso eu ir sozinho, que o clube fica longe, eu teria que tomar dois ônibus e ainda andar um bocado até chegar lá. Disseram também que têm acontecido muitos assaltos, roubos de bonés e tênis, bala perdida matando gente, etc. etc. etc. Fizeram uma lista enorme.

Eu virei um bicho! Disse que ninguém mandava em mim, que eu sabia muito bem me virar na rua e que, além disso, ninguém era assaltado de manhã! (Até parece que ladrão tem hora pra roubar, né, Diário?) Pra terminar, eu falei que se eles me enchessem mais um pouco eu sairia de casa pra não voltar nunca mais. Gritei feito um louco, disse que a minha casa estava parecendo uma prisão, e outras barbaridades.

Não adiantou nada, porque os dois ficaram firmes e não me deixaram ir mesmo. Entrei no meu quarto e bati a porta com força.

Meu pai foi para o banco. Minha mãe ficou fazendo a tal tradução, eu acho, porque não veio atrás de mim. E eu fiquei trancado no quarto, resolvido a não sair nem pra almoçar, nem pra jantar, nem pra ir ao banheiro, nem pra beber água, nem pra nada. Nunca mais! Iria cair morto no chão, estatelado. Aí, sim, eles ficariam com remorso para o resto da vida.

Esperei um tempão. E quando não aguentava mais ficar trancado, fazendo greve de tudo, minha mãe bateu na porta, querendo falar comigo. Resolvi abrir, ainda emburrado. Ela entrou e tivemos uma longa conversa.

Sabe o que aconteceu? Primeiro, eu desemburrei. E, depois, descobri que sou um idiota. Não penso para falar as coisas e vou dizendo uma porção de bobagens, xingando, ofendendo. Onde já se viu falar que eu iria sair de casa? Depois de tudo o que aconteceu comigo, Diário? Só se eu estivesse louco mesmo. Pedi desculpas. E, afinal de contas, acabei atrapalhando o trabalho da minha mãe, que ficou mais atrasado ainda. Fiquei me sentindo superculpado. Ela disse que estava tudo bem, que me perdoava. Mas eu fiquei chateadíssimo.

À tarde, teria o treino de futebol na escola, e eu iria me encontrar com a turma e me divertir do mesmo jeito. Eu não precisava ter feito aquele escândalo todo de manhã, né, Diário?

Mas sabe que depois de tudo isso acabou acontecendo uma coisa boa pra salvar o meu dia? E foi no treino mesmo. É que hoje foi bem diferente de terça-feira. Alguns meninos me trataram muito melhor. E depois que eu marquei dois gols, então, nem se fala! Acho que a minha mãe estava certa, Diário. Aos poucos, as coisas vão se ajeitando e eu vou me entrosando com a turma.

9/FEVEREIRO (QUARTA-FEIRA)

DESCOBRI que a professora Dilma é legal à beça, Diário! É que hoje ela deu uma bronca na classe por minha causa, só pra me defender. Falou umas coisas bonitas que só vendo. Sobre amizade, solidariedade, sinceridade, igualdade e mais um monte de *ade* que ajudam a fazer a felicidade da gente!

Sabe por que ela fez isso? É que durante a aula de laboratório a classe foi dividida em grupos para fazer algumas experiências. Eu estava todo animado, pois nunca tinha tido aula de laboratório antes. Foi então que aconteceu uma coisa muito chata, que me magoou bastante. Nenhum grupo queria me aceitar. Meio disfarçando, sem falar claramente, cada um ia me empurrando para outro. Deram uma gelada em mim, entende? Mais ou menos como fizeram ontem à tarde no treino. Só o Juca ficou do meu lado. E depois também o Antônio, que é muito amigo do Juca. Mas os grupos tinham que ser formados por cinco ou seis alunos, e não só por três! A professora percebeu a situação e foi por isso que ela deu o maior sermão na turma.

Ah, Diário, como existem pessoas preconceituosas, não? Acham que eu sou diferente, que eu não posso viver no mundo delas. E por isso querem me prejudicar, querem deixar a minha vida ainda mais difícil. Até os meus pais já ouviram umas coisas bem idiotas desse tipo de gente. Como, por exemplo, que eles estão perdendo tempo comigo, que eu sou um menino-problema, que só vou dar dor de cabeça pra eles. Eu sei que às vezes eu brigo lá em casa, chateio os meus pais, mesmo sem querer. Mas acho que eu mereço uma chance, né? Quero muito ser um bom filho, e estou tentando.

Credo, Diário, às vezes parece até que eu tenho alguma doença contagiosa que afasta as pessoas de mim. Será que não dá pra ver o meu lado bom, não? Não dá pra acreditar em mim, na minha vontade de aprender a viver nesse mundo tão diferente que eu não conhecia antes, mas que agora é o meu mundo também? É como se colocassem pedras para eu tropeçar, sabe? Nem bem desvio de uma, aparece outra.

É uma barra, Diário. Uma barra! Ainda bem que existem pessoas legais, que me entendem, me aceitam e até me defendem quando é preciso. Assim como a professora Dilma fez hoje. Uma pedra a menos no caminho!

Quem também é superlegal é a professora Bete, que me dá aulas particulares de Matemática. Além de explicar muito bem a matéria, ela conversa bastante comigo. Estou gostando mesmo dessas aulas, Diário. A professora particular de Português, a Sueli, também é muito amiga. Não fica só explicando e dando exercícios o tempo todo. Ela me dá atenção, me ouve, e a gente conversa sobre muitos assuntos.

Agora à tarde, eu tive aula com elas. Das duas horas às três e meia, Matemática. Depois, Português até as cinco. Sabe que eu nem sinto o tempo passar? Elas têm me ajudado muito.

É, Diário, ao mesmo tempo que algumas pessoas vão colocando pedras no meu caminho, outras me ajudam a tirá-las!

8/FEVEREIRO (TERÇA-FEIRA)

JÁ estou novinho em folha, Diário. Quer dizer, ainda estou espirrando um pouco, mas bem menos do que ontem. O Ganso também melhorou. Coitado, até ele ficou com gripe.

Fui ao treino hoje à tarde, mas aconteceu uma coisa que me deixou meio chateado. Sei lá, parece que alguns meninos do time dão uma isolada em mim. De leve, sabe? Mas dá pra perceber, e machuca um pouco. Vou tentar me aproximar mais, fazer amizade, conversar... Quem sabe isso muda. Ainda bem que o Juca me ajuda muito. Tá sempre me chamando pra perto da turma, conversa comigo e se interessa pelos meus assuntos. Assim, eu fico mais à vontade, menos perdido no meio deles.

Quando cheguei em casa, conversei com a minha mãe sobre isso. Ela me animou, me deu força, mesmo. Disse que logo, logo eles vão me conhecer melhor, vão perceber que eu sou um cara legal e vão me dar atenção de sobra. Ela me disse também que eu devo aprender a enfrentar esse tipo de problema e não dar muita bola, não. E que muita gente gosta de mim de verdade. Sabe que eu me senti bem melhor ouvindo essas coisas? Aliás, conversar com a minha mãe é sempre bom, porque ela me entende pra caramba.

Ah! Já ia me esquecendo. Eu fiquei mais animado ainda quando ela me falou que as fotos da nossa viagem de férias já estavam prontas! E saímos os dois, na maior ansiedade, para pegá-las. Uau, Diário! Que álbum eu vou montar! Ficaram um escândalo de bonitas aquelas fotos!

Depois fomos ao banco onde meu pai trabalha. Minha mãe quis aparecer de surpresa, no fim do expediente. De vez em quando ela faz isso, e ele adora. Hoje, então, surpresa dupla, por causa das fotos. Aí, saímos nós três pra jantar.

O meu pai estava todo contente, dizendo que o banco está numa fase excelente. E que vai até patrocinar algumas peças de teatro e outras apresentações culturais. Disse que isso é muito bom para divulgar o nome do banco, além de incentivar a cultura no país. Acho tão bonito quando meu pai fala essas coisas! Fica todo entusiasmado, superfeliz!

Ele deve adorar o trabalho dele, Diário! Um dia, eu também quero me sentir assim com a minha profissão. Trabalhar com vontade, com prazer mesmo, sabe? O meu pai e a minha mãe sempre dizem que isso é muito importante e que, infelizmente, poucas pessoas trabalham naquilo de que realmente gostam. Tomara que eu consiga ser uma delas!

Jantamos e conversamos bastante. Depois começou a esfriar um pouco e eu voltei a espirrar. Minha mãe achou melhor irmos embora.

Em casa, ficamos os três vendo e revendo as fotos, e parecia que aquela viagem maravilhosa estava acontecendo de novo.

Até que o meu dia foi bom, apesar do que aconteceu no treino. A noite, pelo menos, foi *dez*!

7/FEVEREIRO (SEGUNDA-FEIRA)

Ai, que gripe, Diário! Dói tudo. Parece até que eu levei uma surra. Pensando melhor, eu sei muito bem o quanto dói uma surra, e essa gripe não é nada... E sabe que é até gostoso ficar aqui na cama, recebendo a paparicação da mamãe? Se não fosse essa dor de cabeça, seria melhor ainda.

Hoje não deu pra ir à escola. Mas amanhã eu já estarei bom. Não quero ficar perdendo aula, pra poder acompanhar direitinho todas as matérias. Senão, eu *tô* enrolado.

Não vai dar pra continuar a escrever, não, Diário. A gripe me pegou mesmo de jeito. Amanhã eu continuo.

6/FEVEREIRO (DOMINGO)

NÃO sei, não, mas acho que vou ficar com gripe. Já espirrei umas trezentas e cinquenta e sete vezes. Bem que a minha mãe avisou pra eu não brincar tanto na chuva hoje de manhã.

Eu estava jogando bola no quintal quando começou a chover, e eu não quis parar. O Ganso também ficou ensopado. A Liliane estava comigo, mas, é claro, não quis molhar os "lindos cabelos" e correu pra dentro de casa.

Antigamente, eu detestava quando chovia, por causa das enchentes. Mas de vez em quando até que era divertido aproveitar aquela água toda pra brincar. E eu nunca fiquei doente por isso. Mas, como diz a minha mãe, pra tudo sempre existe uma primeira vez... O chato foi ter brigado com ela, coitada. Respondi supermal quando ela me mandou sair da chuva. Teimei, teimei, e não entrei! Agora não posso reclamar se ficar com gripe.

Sempre que a minha mãe fala alguma coisa pra mim, o meu pai assina embaixo. Quer dizer, ele concorda com ela. Quando é ele quem fala, me manda fazer alguma coisa ou não me deixa fazer, ela também assina embaixo. Eles dizem que é muito importante os pais falarem a mesma língua com os filhos, senão cada um fala uma coisa diferente, um manda, outro desmanda, e aí vira uma bagunça.

Só que hoje eu acho que eles se esqueceram disso. Sabe por quê? É que a minha mãe ficou brava comigo e não queria que eu ficasse tomando chuva de jeito nenhum. Mas o meu pai falou assim: "Deixe o menino brincar à vontade, Laura. Na idade dele, eu também era louco pra brincar na chuva!".

Adorei ouvir o meu pai falando isso. A minha mãe é que não gostou nem um pouco, mas acabou desistindo. Afinal, ela era uma só contra dois! Mesmo assim, tendo o apoio do meu pai, acho que eu acabei exagerando, fui muito teimoso, e até briguei com a minha mãe. Depois, pedi desculpas pra ela.

E não é que ela estava certa na previsão? Porque eu estou espirrando tanto... Ih! Até o Ganso acabou dando um espirro. Será que ele também vai ficar resfriado?

5/FEVEREIRO (SÁBADO)

SÁBADO melhor do que este, impossível! Duas coisas superboas num mesmo dia! Quase estourei de tanta alegria, Diário! E não é exagero, não.

Pra começar, de manhã eu fui à minha primeira aula de natação no clube e simplesmente amei. O professor me disse que eu nado muito bem, só preciso aprender algumas técnicas e novos estilos, e depois treinar bastante para melhorar o meu tempo. Disse que eu tenho muita chance de entrar nas próximas competições. Saí de lá superentusiasmado, decidido a mergulhar de cabeça, quer dizer, me dedicar ao máximo! O meu pai estava comigo e ficou todo contente também, me incentivando bastante.

Quando chegamos em casa, eu estava louco pra contar a novidade para a minha mãe, queria fazer uma surpresa pra ela. Mas quem acabou tendo a maior surpresa fui eu. Mal pude acreditar! O Betão e a Cíntia aqui em casa! Vieram com a tia Elza. E eu também adorei me encontrar com ela de novo. O Betão e a Cíntia ficaram, mas ela não pôde ficar com eles e foi embora. Disse que voltava no fim da tarde para buscar os dois. Que surpresa, Diário! Os meus pais armaram direitinho, porque eu nem desconfiei de nada.

Brincamos a manhã toda. Eles adoraram a minha casa, a minha família, o Ganso, tudo! Almoçamos juntos, e o almoço foi muito gostoso, nos dois sentidos da palavra: gostoso porque a comida estava deliciosa e gostoso porque foi muito animado, bom mesmo!

À tarde, fomos ao cinema com meu pai. Minha mãe não pôde ir, ficou terminando uma tradução. Você acredita que foi superdifícil prestar atenção no filme? É que eu estava tão ansioso, tão feliz por estar junto com a Cíntia e com o Betão, que ficava querendo encher os dois de perguntas. Eles também queriam saber um milhão de coisas, queriam que eu contasse tudo o que me aconteceu depois que a gente se separou. Quem é que queria saber do filme? Só não conversamos muito para não atrapalhar as outras pessoas que estavam no cinema.

Depois voltamos pra casa e aí, sim, conversamos pra caramba. Era assunto que não acabava mais. Um queria falar mais do que o outro. Pena que a vida deles continua daquele jeito... Ah, Diário, se eu pudesse fazer alguma coisa pra mudar tanta injustiça e maldade nesse mundo, eu faria. Juro que faria! Mas o quê? O que é que eu posso fazer, hein, Diário?

Acho melhor deixar pra lá esse assunto triste, porque o dia hoje foi bom demais!...

A minha mãe fez um superlanche pra nós. E conversou bastante com eles também. Você sabe como ela é, né? A Cíntia falou que ela parece uma fada. Dessas fadas dos desenhos que a gente vê. Sabe que ela tem razão? Mas não parece só, não. Minha mãe *é* mesmo uma fada. Uma fada-madrinha! Ela fez de tudo para que os meus amigos ficassem bem à vontade aqui em casa. Meu pai também foi superlegal, deu a maior atenção pra eles. Foi mesmo um dia maravilhoso.

Sabe que eu fiz muito bem em ter desabafado com meus pais ontem à noite, contando que eu estava morto de saudade da Cíntia e do Betão? Só não esperava que eles fossem trazer os meus amigos aqui em casa assim tão depressa! Eles me entendem mesmo. Existe família mais especial do que a minha?

4/FEVEREIRO (SEXTA-FEIRA)

O MEDO da felicidade ainda continua aqui dentro de mim. Acho que é por falta de costume. Mas já está diminuindo um pouco. Hoje, por exemplo, foi o meu segundo dia de aula, e a escola já não me pareceu um bicho de sete cabeças como ontem, não.

Você sabe que eu estou mais do que satisfeito com a minha vida, não sabe, Diário? Depois daquilo tudo que me aconteceu, eu nem deveria ficar triste. Nunca mais. Mas não é tão fácil assim, não. Às vezes me dá uma coisa esquisita aqui dentro. Fico pensando no Betão, na Cíntia. E bate uma saudade danada. Hoje aconteceu isso. Já acordei pensando nos meus amigos. E continuei pensando neles lá na escola também.

Nas primeiras aulas, ficamos conhecendo a professora de História, que parece ser bem legal. Ela começou a conversar com a classe, falar sobre coisas interessantes que aconteceram no Brasil e que vamos estudar este ano. Disse que devemos saber disso tudo pra podermos conhecer e entender melhor o nosso país. Eu achei tão interessantes as coisas que ela falou, que fiquei só pensando como seria bom se o Betão e a Cíntia estivessem ali comigo, ouvindo aquilo também.

Nas aulas de Educação Artística, eu quase não consegui me concentrar. A saudade já estava doendo um pouco mais. E no recreio, então, apertou mesmo. Fiquei com o Juca, e ele me deu a maior atenção, conversou bastante comigo. Mas depois apareceram uns caras e eu percebi que não toparam muito comigo, não. Fui saindo devagar e voltei para a classe. Aí, sim, é que foi difícil espantar a saudade.

Depois, nas duas últimas aulas, a professora de Português pediu para cada um fazer uma redação sobre *Viagem*. Era pra contar alguma viagem interessante que a gente tivesse feito. Eu não estava com a menor vontade de fazer redação. Mas depois acabei pensando que seria uma oportunidade de contar as minhas férias. Poderia escrever sobre aqueles lugares lindos que eu conheci com os meus pais.

E eu consegui, por acaso? Consegui nada. Nadinha. Comecei a rabiscar alguns pensamentos, tentando achar um começo para a redação. Sabe o que saiu? Tudo, menos viagem. E o *tudo* que eu escrevi foi falando do Betão e da Cíntia. Fiquei contando sobre as nossas brincadeiras, uma porção de coisas que aconteceram com a gente um tempo atrás. Depois acabei escrevendo umas *trocentas* linhas sobre saudade, solidão, tristeza, separação...

Sabe que eu acabei percebendo uma coisa, Diário? Eu escrevi sobre o tema que a professora queria, sim. Eu viajei legal! Fui ao encontro dos meus amigos, viajando com o pensamento! Quer viagem mais interessante do que essa? Pena que não matou a saudade. Aumentou, isso sim.

Eu sei que qualquer dia eles vêm me visitar, os meus pais prometeram. Estou esperando. Eles sempre foram meus amigos de verdade. Queria tanto que eles também fossem felizes, assim como eu sou. Ai, que saudade dos meus amigos, Diário. Saudade dói, sabia?

Agora eu conheci o Juca, que também parece ser um amigão, mas mesmo assim não posso me esquecer daqueles dois. São amizades bem diferentes. O Juca é o cara mais legal que eu conheci depois do Betão e da Cíntia, mas ele é muito diferente de mim. Não tem nem ideia das coisas que eu já fiz na vida, de tudo o que me aconteceu.

O Betão e a Cíntia são quase irmãos meus. Somos de uma mesma tribo, entende? E é por isso que eu sinto tanto a falta deles. Muito mesmo. Ah, será que vai demorar para a gente se ver de novo?

3/FEVEREIRO (QUINTA-FEIRA)

TODO mundo estava reclamando, dizendo que as aulas nessa escola sempre começam cedo demais. Eu, não. Pra mim, tudo é novidade. Além disso, eu sei que essa escola é bem cara para os meus pais; por isso quero que valha a pena.

Esquisito, Diário, aquela gente reclamando tanto da escola. Eu acabei não falando nada, pra não contrariar ninguém, mas estava adorando. Aliás, eu *estou* adorando!... Bem, pra dizer a verdade mesmo, ainda estou parecendo um peixe meio fora d'água, meio dentro. Afinal, tudo é muito diferente daquilo que eu conhecia, daquilo que eu vivia antes. E, por isso, me dá um certo medo. Mas, ao mesmo tempo, é uma experiência muito gostosa.

E hoje foi o meu primeiro dia de aula! Nem dormi direito esta noite, de tão ansioso que eu estava. Sabe que fui o primeiro a acordar? Meus pais acharam graça na minha pressa. É que eu não queria chegar atrasado logo no primeiro dia, né, Diário? Acordei tão cedo que deu tempo até pra brincar um pouquinho com o Ganso antes de sair. Estou adorando esse meu "novo companheiro"!

Lá na escola eu fiquei meio nervoso. Depois fui ficando mais à vontade. O diretor, que é o professor Celso, parece ser muito legal. Os outros professores também. Mas alguns colegas, não sei, não. Sempre aparecem uns enjoados no meio, né? O Guilherme, que todo mundo chama de Guga, e o Pedro, por exemplo. Eles não estão na minha classe, mas, durante o recreio, fizeram a maior "diferença" comigo, me trataram mal e até tiraram um sarro da minha cara. É que alguém já deve ter espalhado alguma coisa sobre mim, e você sabe que nem todo mundo encara isso com naturalidade.

Mas eu nem liguei, porque sei que outros gostaram de mim e querem ser meus amigos. O Juca é um deles. Cara superlegal! Veio logo conversando comigo, me tratou superbem. Gostei dele! Parece até que a gente se conhece há anos. Foi "amizade à primeira vista". Ele me disse que gosta muito de estudar nessa escola, que os professores são muito bons e que tem uma turma bem legal pra eu conhecer!

Por falar em conhecer, Diário, eu conheci alguém especial. Quer dizer, conhecer mesmo eu não conheci ainda. Eu só vi. Mas já deu pra ficar balançado. O nome dela é Luciana, está na 6ª série também, mas não na mesma classe que eu. Ela é linda! Uma gatinha mesmo. Fiquei vidrado quando olhei pra ela.

Como é gostoso tudo isso que está acontecendo comigo, Diário. Nova escola, novos amigos, tanta coisa diferente. Estou pra lá de feliz! Só tem um detalhe: estou morrendo de medo. É verdade, sim. Pra você eu conto. Estou com medo de não me acostumar, de não conseguir aprender nada, porque, pelo que eu andei ouvindo os meus pais conversarem, parece que a outra escola onde eu estudava era bem mais fraca do que esta. Então, é como se eu tivesse de enfrentar um bicho de sete cabeças, entende?

Por isso, estou feliz e apavorado! Você já viu isso? Felicidade e medo ao mesmo tempo? Ou melhor, acho que é medo da felicidade, medo de ser feliz. Pode uma coisa dessas?

2/FEVEREIRO (QUARTA-FEIRA)

HOJE meu pai me levou ao banco onde ele trabalha. É um lugar lindo, Diário! A agência não é muito grande, mas tem cada coisa bonita, diferente. E a sala do meu pai, então? *Super dez*! Também, ele é o gerente, né? Precisa ver só que bonito o nome dele numa plaqueta em cima da mesa: *Jorge — Gerente.*

Sabe que eu fiquei com vontade de trabalhar lá também? Quando falei isso, ele foi logo me perguntando se eu já tinha desistido da ideia de ser escultor. É que durante as férias eu falei isso pra ele e pra minha mãe, mas já tinha me esquecido. Depois ele me disse que ainda é cedo para ser escultor, bancário ou qualquer outra coisa, não importa o que eu escolha. Primeiro, eu tenho que estudar bastante, para depois pensar em trabalho. Nossa, Diário, eu nunca pensei que um dia alguém fosse falar uma coisa dessas pra mim: "Estudar primeiro, e só depois trabalhar". Não parece um sonho?

Também gostei muito das pessoas que trabalham lá com o meu pai. O Orlando, por exemplo, me deu a maior atenção. Até me mostrou como se mexe numa daquelas máquinas esquisitas, cheias de botões. Sabe que não é difícil? Aprendi rapidinho.

Cheguei em casa todo animado, louco pra contar as novidades para a minha mãe. Meu pai também estava muito alegre, disse que eu me comportei bem, fui educado com todo mundo. Recebi muitos elogios.

Ah! Diário, adivinhe só! À noite, eu ouvi uma conversa que me deixou todo cheio. Era o meu pai conversando com um amigo, que também trabalha no banco, o Dimas. Eles estavam na sala e não me viram. O Dimas falou assim para o meu pai: "Jorge, esse menino vai longe! Pelo pouco que eu conversei com ele hoje, lá no banco, já deu pra perceber. O Dudu é muito inteligente! Difícil encontrar um menino assim".

Meu pai respondeu, orgulhoso: "Mas é lógico, ele puxou ao pai dele aqui, ó! Você não acha que a cada dia ele se parece mais comigo?". E riu, todo satisfeito.

Não dá nem pra acreditar. Depois de tudo o que eu passei, ouvir uma coisa dessas do meu pai é bom demais.

1º/FEVEREIRO (TERÇA-FEIRA)

MAL cheguei de viagem, e mais uma surpresa. Adorei o presente que eu ganhei hoje. E não é qualquer presente, não. É muito especial.

O nome dele é Ganso! Eu sempre quis ter um assim. Como ele é lindo! Lindo! Tá bom, vai. Na verdade, ele não é tão lindo assim. Tem um pescoço meio grande, comprido, como um ganso mesmo. Por isso ele se chama Ganso, oras! Mas é tão carinhoso, tão esperto, tão obediente, tão... tão meu. Pela primeira vez eu tenho um cachorro!

No começo, o meu pai não queria. Mas quando a minha mãe chegou com o Ganso aqui em casa ele acabou concordando. E até gostou desse jeito todo engraçado dele. Aliás, foi o meu pai mesmo quem escolheu esse nome. Minha mãe achou muito estranho, mas eu adorei. Ganso. É perfeito.

Acho que ele também está contente com o nome, porque é só a gente chamar que ele começa a abanar o rabinho! (Você sabia que é assim que cachorro sorri, Diário?) *Eh, Ganso, acho que a gente vai se dar muito bem!*

Sabe que hoje só me aconteceram coisas legais? O dia já começou demais, com a chegada do Ganso. E continuou assim, cheinho de novidades.

Depois do almoço meu pai me levou ao clube, e foi supergostoso. Adivinhe! Vou fazer aula de natação, Diário! Começo sábado que vem, de manhã. Não é o máximo? Já sei nadar, é claro, mas quero nadar melhor ainda. Você sabe como eu adoro, não sabe?

Quando voltamos pra casa, mais uma surpresa. Minha mãe disse que conversou com o diretor de uma escola ótima que tem aqui perto de casa, e ele confirmou a minha matrícula! É que antes da nossa viagem ela já tinha conversado com ele para conseguir uma vaga pra mim. E deu certo!

A escola é particular, e as aulas começam quinta-feira, dia 3 (depois de amanhã!), bem antes das outras escolas. Quando minha mãe me deu a notícia, eu senti uma coisa tão esquisita aqui dentro, um friozinho no estômago. Fiquei feliz, mesmo! Meio assustado, é verdade, mas ao mesmo tempo hiperfeliz! Viu quanta coisa boa num dia só?

JANEIRO (FÉRIAS!!!)

MEU Deus do céu! Nunca, nunca pensei que fosse acontecer uma coisa dessas na minha vida! Um mês inteirinho viajando! Só passeando, conhecendo lugares incríveis! Este mês vai ficar marcado para sempre em mim.

Meu pai e minha mãe estão parecendo dois namorados. Ficam rindo à toa, se abraçando, se beijando. E *me* abraçando e *me* beijando também. Eu estranho um pouco, mas acho divertido, legal sentir tanta alegria assim. Receber carinho é bom demais. Afinal, alegria e carinho são novidades pra mim, né, Diário? Imagine, então, tudo isso em dose dupla!

Estamos tirando tantas fotos. Vai dar pra fazer um álbum maravilhoso destas férias!

A PRAIA...

O mar é muito mais lindo do que eu pensava. É grande pra caramba! Cada onda enorme, superforte. Não sei nem o que dizer sobre o que eu senti quando olhei pra ele bem ali na minha frente. Só sei que fiquei de boca aberta um tempão. E aquela areia toda? Fiz um monte de castelo, túnel, rio, estátua... Parece meio mágica essa brincadeira de fazer coisas e mais coisas só usando a areia e a água do mar.

Fiquei tão fascinado que meu pai me falou que isso pode ser até uma profissão. É uma arte que se chama *escultura!* Então eu falei pra ele que eu queria ser um escultor. Já estava decidido, pronto. Ele achou ótimo, mas me disse que eu sou novo ainda para escolher uma profissão e que eu posso mudar de ideia. Disse que existem muitas outras coisas interessantes também para eu fazer na vida. Pode ser, mas, por enquanto, eu acho que vou ser mesmo escultor. Fiquei horas brincando na areia, fazendo esculturas. Minha mãe também leva jeito pra isso. Fez cada coisa bonita!

E quando eu entrei na água?! Simplesmente não queria mais sair. Você sabe que eu nado feito um peixe, né, Diário? No mar, então, foi bom demais! Aquela água toda parecia me chamar, me segurar mesmo. Nadei séculos! Não queria saber de mais nada. Ô delícia...

A ILHA...

Sabe o que fizemos também? Fomos conhecer uma ilha. Uma ilha, Diário! Chegamos até lá num barco. Era um barco de passeio, com guia e tudo. Adorei! Foi uma verdadeira aventura. Você precisava ver só que coisa mais linda os golfinhos pulando em volta do barco. Tentamos tirar algumas fotos, mas era muito difícil, porque eles são rápidos demais. Não sei, não, se vai sair alguma foto legal.

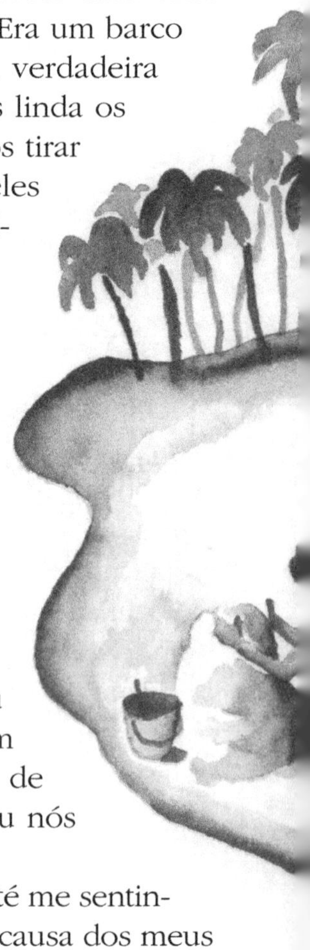

Antes de descermos na ilha, o barco parou para quem quisesse mergulhar. Imagine se eu não fui o primeiro! Que delícia, Diário! Nadamos um pouco, tiramos mais fotos e depois fomos conhecer a ilha.

Sabe, eu gostei tanto daquele lugar cheio de verde, de pedra, de bicho, de água... que eu até falei pra minha mãe que um dia a gente pode morar numa ilha! Ela prometeu pensar no assunto. Só que passou uma coisa pela minha cabeça que eu não disse pra ela, não. É que eu fiquei com vontade de morar numa ilha algum dia, com ela e com o meu pai, mas também de levar a Cíntia e o Betão com a gente. Já pensou nós cinco juntos num lugar lindo daquele?

Estou me divertindo tanto que às vezes fico até me sentindo meio culpado, meio egoísta. Acho que é por causa dos meus amigos que não podem fazer nada disso e continuam naquela vida. Queria tanto que eles estivessem aqui comigo, conhecendo todos esses lugares. O Betão e a Cíntia iriam adorar!

O HOTEL...

Ah, Diário, eu ainda não falei do hotel, né? Que hotel! Nunca tinha ficado num antes. Nem sabia como era. Um hotel chique desses, então, eu nem imaginava que existisse. Com uma piscina enorme e, ainda por cima, um bar dentro dela! Onde já se viu um bar dentro da água? A gente fica lá no meio, nadando, brincando, e quando fica com sede não precisa sair, é só pedir alguma coisa ali mesmo no bar!

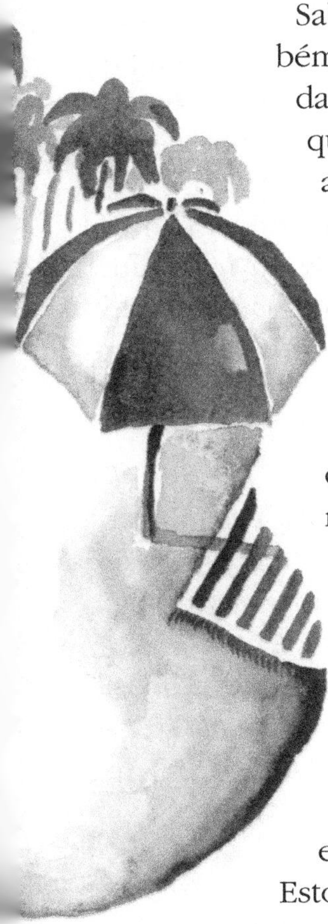

Sabe que eu dei um *show* na piscina? Mas, também, com as "aulas de natação" que eu mesmo me dava lá na represinha... Mesmo assim, meu pai quer que eu tenha umas aulas no clube quando as férias terminarem. Disse que eu posso até participar de alguma competição. Ficou todo orgulhoso com os elogios que recebeu por minha causa.

A minha mãe ficou um pouco assustada. Disse mil vezes que eu tinha que tomar cuidado e não sei mais o quê. Vou confessar uma coisa, Diário. Eu gostei tanto de ouvir minha mãe repetindo essas coisas, se preocupando desse jeito comigo...

É que eu estou meio perdido com isso tudo que está acontecendo. Meu pai, com orgulho de mim. Minha mãe, preocupada comigo. É como se eu fosse uma joia, um tesouro nas mãos deles, sei lá, não consigo explicar direito. Parece que eles têm medo de me perder e, ao mesmo tempo, sentem orgulho de mim. Estou feliz à beça!

A FAZENDA...

O hotel-fazenda também é o máximo! A piscina não é tão grande como a do outro hotel e nem tem bar dentro d'água, mas em compensação o lago é maravilhoso! Isso mesmo. Afinal, não é um hotel-fazenda? Numa fazenda tem que ter lago, oras.

Tem peixe pra caramba! Nós pescamos bastante. Sabe que a minha mãe tem mais jeito para a pescaria do que o meu pai? É sim, você precisava ver hoje de manhã. Ela pegou mais de dez peixes, sozinha! Tirei até uma foto dela com os peixes. O meu pai? Adivinhe... Pegou unzinho só! Foi superdivertido. Rimos muito.

Meu pai está me ensinando a montar, Diário! Estou adorando! Eu sempre gostei de cavalos, mas nunca tinha montado num. Senti um pouco de medo nas primeiras vezes, mas agora já estou me acostumando. Demos um passeio pela fazenda toda. Minha mãe, que monta superbem, ficou o tempo todo pertinho de mim, com medo de que eu caísse do cavalo.

Acho que às vezes ela se esquece de que eu tenho 13 anos, porque me trata de um jeito esquisito, como se eu fosse um bebê. É até engraçado. Pensa que eu fico bravo, Diário? Fico não. Melhor assim...

* * *

Sabe, esta não é a vida que eu pedi pra Deus, não. É melhor ainda do que aquela que eu pedi tanto! E é uma vida maravilhosa assim que eu desejo também pro Betão e pra Cíntia. Espero que um dia eles sejam tão felizes quanto eu.

Você não pode me atender porque você não é gente, mas, se pudesse, eu pediria uma coisa, Diário: *Dá pra você me beliscar? Só pra eu ter certeza de que não estou sonhando!*

31/DEZEMBRO (SEXTA-FEIRA)

ACORDEI tão tarde hoje, Diário. Dormi tanto, parece até que eu desmaiei. Também, depois de toda aquela agitação de ontem, né? Acho que nunca me diverti assim. Ganhei tantos presentes. Mas o melhor presente de todos foi a festa. Uma festa pra mim! Felicidade demais da conta!

E ontem, depois que todo mundo foi embora, eu e os meus pais ficamos conversando até de madrugada. Queriam saber se eu tinha gostado da festa. Gostar é pouco! Amei! Eu falei pra eles que esse foi o meu primeiro aniversário de verdade. E eles me disseram que eu ainda vou ter muitos como esse. Conversamos tanto, Diário. Fizemos mil planos para as nossas férias, que eu também acho que vão ser demais!

Hoje a minha casa já está cheia de gente, de novo. Casa cheia de gente e de alegria também. Outra festa! Os meus quatro avós, os meus tios, a Liliane, o Flavinho, estão todos aqui. Todo mundo está ajudando na preparação do jantar, e acho que vai ser muito animado.

É um jantar de despedida, pois amanhã eu e os meus pais vamos viajar. Estou superansioso. Você acredita que vamos ficar o mês de janeiro todinho viajando? Mas o jantar não é só por causa da nossa viagem, não. É pra comemorar a passagem do ano também, claro! E meu pai comprou até fogos de artifício!

Mais um ano que vai indo embora, Diário. Pra mim, é muito mais do que fim de ano. É o fim de um pedaço de vida muito complicado, muito difícil. E, ao mesmo tempo, é o começo de outro. Quer dizer, de um outro mais gostoso e mais bonito. Um pedaço que eu nem sabia que existia.

O meu pai e a minha mãe sabem muito bem disso. Hoje eu ouvi os dois conversando, e eles disseram que vão soltar os fogos para comemorar o *meu* ano-novo, a *minha* vida nova!

Vida nova mesmo, Diário. Novíssima!

30/DEZEMBRO (QUINTA-FEIRA)

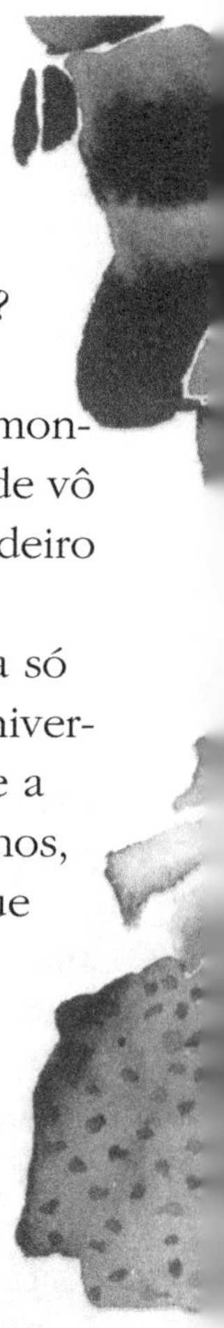

MEU *niver*! 13 anos!
Parabéns pra mim!

Sabe que este é o aniversário mais feliz da minha vida? Parece até que é a primeira vez que eu faço aniversário.

Meus avós chegaram logo de manhã e trouxeram um montão de presentes pra mim. É uma delícia ganhar presente de vô e de vó. E eu tenho os quatro avós! Só isso já é um verdadeiro presente.

À noite vai ter festa! Festa, Diário! Entendeu? Uma festa só pra mim. É claro que vamos aproveitar e comemorar os aniversários dos meus pais também. Mas a minha mãe disse que a festa é especialmente pra mim. Ela convidou alguns vizinhos, amigos, parentes... Acho que vem bastante gente. Sabe que eu estou até meio nervoso?

Pra falar a verdade, estou me sentindo esquisito. Superfeliz, ansioso e, ao mesmo tempo, meio triste. Um pouco pra baixo, sabe? É que eu começo a me lembrar dos outros anos, dos meus aniversários que passaram... Estou tentando esquecer de uma vez por todas esse tempo horroroso. Mas não está sendo muito fácil, não. Vira e mexe, ele volta.

Xô, xô, tristeza! Suma daqui! Não quero mais saber de baixo-astral, não!...

Sabe que agora eu até me lembrei da tia Elza? Ela vivia me dizendo para sorrir, botar um sorriso na cara, mandar a tristeza embora... E ela estava certa, Diário. Tristeza não tá com nada. E, se naquela época eu já deveria sorrir, ou pelo menos tentar me animar, imagine agora então! Tenho motivos de sobra pra isso. Tenho motivos não só pra botar um sorriso na cara, mas pra dar boas gargalhadas, isso sim!

Já estou melhorando. É tão bom quando consigo dar um chega pra lá na tristeza. Vou aproveitar essa animação que está voltando e me divertir um pouco. Enquanto a noite não chega, eu não quero perder um só minuto deste dia. Afinal, é o *meu* dia!

29/DEZEMBRO (QUARTA-FEIRA)

PAIZÃO, parabéns! Você é super, super dez! Quando eu crescer, quero ser assim, igualzinho a você!

Que barato, hoje é o aniversário do meu pai, amanhã é o meu e antes de ontem foi o da minha mãe!

Será que esse negócio de horóscopo funciona mesmo, Diário? Nós três somos do mesmo signo: Capricórnio. Será que é por isso que a gente se dá tão bem? Ou será que é por causa dessa coisa mágica que existe entre a gente? O amor, oras! O carinho, a alegria, a vontade de cuidar bem um do outro...

Achei tão bonito o que a minha mãe fez hoje, Diário. Preparou uma surpresa para o meu pai. Foi assim: logo de manhã tocaram a campainha, e ela pediu pra ele atender. Adivinhe o que era. Uma cesta lindona! Claro que o presente não era só a cesta, né?! Era o que tinha *dentro* dela. Um supercafé da manhã, com mil coisas deliciosas. Ele ficou todo contente com a surpresa. E eu também, porque ele dividiu tudo comigo e com a minha mãe. Tava bom à beça... Mas a surpresa não parou aí, não. O almoço foi todo especial, com bolo de sobremesa e tudo.

Eu comprei uma camisa superbonita pra ele com o dinheiro que a minha mãe me deu, mas sabe que foi até engraçado quando ele abriu a caixa? É que a camisa ficou enorme! Dava pra vestir uns três pais de uma vez!

Foi tão divertido o dia hoje, tão bom. Tão bom quanto todos os dias que estou tendo ultimamente. Dá até pra duvidar que seja verdade. Às vezes me dá uma sensação superesquisita. Depois de todas aquelas coisas que me aconteceram, vem isso tudo? De verdade?

28/DEZEMBRO (TERÇA-FEIRA)

ONTEM foi aniversário da minha mãe, e ela até chorou. E não é que hoje quem chorou fui eu? É que eu ouvi o meu pai perguntar pra ela: "Gostou do presente do Dudu, Laura?". E ela respondeu: "Adorei, é lindo! Mas o presente maior da minha vida é ele mesmo, Jorge. O Dudu é o meu presente!".

Ah, Diário, você sabe que às vezes eu quero ser meio durão, né? Mas isso é só por fora. Aqui dentro eu sou uma maria-mole. (Quer dizer, um joão-mole, porque não fica bem eu me chamar de Maria.) Sou sensível pra caramba. Por isso acabei chorando de emoção.

Eu sou o maior presente da vida dela! Você já ouviu declaração de amor mais bonita do que essa? Nem no cinema.

Por falar em declaração de amor, acho que os meus pais se adoram! Hoje mesmo eles estavam no maior *love*. Minha mãe é supersensível (aliás, parece até que eu *puxei ela* na sensibilidade, não parece?), ela é toda romântica, e meu pai é tão carinhoso com ela. Acho lindo isso, sabia? É claro que eles não ficam namorando o tempo todo, né, Diário? Mas eles se tratam com o maior respeito, com muito carinho mesmo.

A cada dia que passa eu tenho mais certeza de que esses dois são os melhores pais do mundo! *Eles* é que são o maior presente que eu já ganhei até hoje, isso sim.

27/DEZEMBRO (SEGUNDA-FEIRA)

FELIZ aniversário, mãezinha! Quero a felicidade do mundo inteirinho pra você!

Queria tanto dar um presente maravilhoso pra ela. Meu pai me deu o dinheiro e eu fiquei completamente perdido, sem saber o que comprar. Mas não quis que ele me ajudasse. Eu mesmo queria escolher sozinho. Aí eu me lembrei de uma coisa. Um dia, fiquei um tempão olhando um vestido azul na porta de uma loja. Eu achei aquele vestido com cara de mãe, sabe? Ah, isso já faz tanto tempo, mas ficou bem marcado em mim.

Então, ontem à tarde, meu pai me levou ao *shopping*, e eu fui logo procurando, procurando, até que encontrei. Comprei um vestido azul lindo pra ela! Não é o mesmo daquele dia, claro, mas é muito bonito.

Logo de manhã, eu dei o presente para a minha mãe e acho que ela gostou, porque me abraçou tanto e começou a chorar. Mãe é esquisita, às vezes... A minha, pelo menos, é. Não esperava que ela fosse chorar daquele jeito. Será que ela gostou tanto assim do vestido?

Meu pai deu umas flores lindas pra ela e um livro que fazia um tempão que ela estava querendo e não achava pra comprar. Minha mãe adorou o presente, ficou até emocionada de novo!

Depois saímos nós três para almoçar. E, já que eles estão de férias, tiramos o dia inteirinho pra passear, fazer compras, ir ao cinema... em plena segunda-feira! E por acaso existe dia certo pra ser feliz?

Nossa, Diário, o dia foi tão bom! Conversamos tanto. E eu percebi o quanto os meus pais se preocupam comigo. Ficam perguntando coisas e mais coisas, querem que eu fale tudo o que eu tiver vontade, tudo o que eu estiver sentindo. Às vezes, eu acho um pouco difícil falar certas coisas, mas estou tentando. Aliás, eu estou aprendendo que esse negócio de diálogo é mesmo muito importante para as pessoas se entenderem.

26/DEZEMBRO (DOMINGO)

AINDA não consigo acreditar que tudo isso está acontecendo comigo! Às vezes bate um medo aqui dentro. Medo de acordar. Medo de descobrir que tudo não passou de um sonho. E voltar a viver aquela realidade com cara de pesadelo, com cara de filme de terror.

Acho melhor parar de pensar nisso e acreditar que é verdade, sim. Acreditar que a minha realidade, agora, é esta. Realidade com cara de sonho. Um sonho azul. Azul só, não. Um sonho hipercolorido.

Hoje de manhã eu estava tão feliz, tão elétrico, que parecia até meio louco. Ficava pela casa toda chamando: *Mãe!... Pai!... Mãe!... Pai!...* Mesmo sem ter o que falar pra eles. Quando eles me perguntavam o que eu queria, eu acabava inventando desculpas.

Mas não é loucura, não. É que é uma delícia ficar assim chamando: Mãe! Pai!... Eles são incríveis. Queria tanto ser um filho legal também. Às vezes, acho que sou meio chato.

A tia Elza vivia me dizendo: "Dudu, vê se toma jeito e para de emburrar. A sua vida ainda pode melhorar muito, menino, mas você tem que se ajudar!"

Agora eu sei que ela estava certa. Nunca mais vou emburrar. E pra quê? Por quê?...

Mãe!... Pai!... Não é o máximo?

Louco, eu? Só se for de alegria! Alegria de estar vivendo esse sonho bom demais!

25/DEZEMBRO (SÁBADO)

NATAL!

Feliz Natal, Diário! Feliz Natal para o mundo inteiro! Feliz Natal pra mim! Feliz, feliz, feliz!

Sabe que o meu nome deveria ser esse? *Feliz*. Lógico que existe, Diário. Você nunca ouviu falar no anãozinho da Branca de Neve? Todo mundo conhece. Pois, então, eu acho que vou mudar o meu nome para *Feliz*!... Sei lá, pensando bem, acho que todo mundo vai estranhar. É melhor continuar me chamando Dudu mesmo. (Eduardo Feliz, então!) Fica sendo um segredinho nosso, tá, Diário?

Sabe que este Natal foi o mais lindo de todos os que eu já tive? Pela primeira vez eu pude sentir alegria de verdade! É que nos outros anos me dava uma tristeza e, às vezes, até uma revolta. A tia Elza me dizia que era pecado ficar assim no Natal, cheio de revolta no coração. Ela falava que era o dia em que Jesus tinha nascido e que, por isso, quem tinha que ganhar alguma coisa era Ele, não eu. E o presente que eu deveria dar a Ele nesse dia era a minha alegria, uma festa no meu coração! E eu, por acaso, conseguia? O meu coração era uma tristeza só, isso sim.

Mas, mesmo assim, sabe que eu nunca perdia a esperança? E, apesar da tristeza, da revolta no coração, eu acabava sempre rezando. Só que, mesmo sabendo que o aniversário era d'Ele, eu pedia um presente pra mim. "Aquele presente" que Ele sabia muito bem qual era. Todo Natal era a mesma coisa. Eu pedia, pedia. E me dava uma vontade de acreditar que um dia eu seria atendido...

Ah, Diário, este Natal foi tão diferente. Hoje os meus pais me deram um presentão. Uma bicicleta lindona! Mas nem precisava de bicicleta, nem de presente nenhum, você sabe. É que o meu presente de Natal já chegou ontem! E foi o máximo da felicidade que eu poderia querer na vida. Que bicicleta, que nada! Eu ganhei foi "aquele presente"!

Agora, sim, o meu coração está uma verdadeira festa! E já consigo dar o meu presente para o "aniversariante" de hoje. Posso oferecer pra Ele a maior alegria que eu já senti na vida!

Feliz Natal! Feliz! Feliz! Feliz!...

24/DEZEMBRO (SEXTA-FEIRA)

DEUS existe! E me visitou!

O presente que eu recebi hoje só pode ter vindo do céu! Um presente de Deus pra mim. Foi quase um milagre. Quase, não. Foi um milagre mesmo.

Eu fui atendido depois de pedir tanto. Desejar com toda a força do meu coração. E valeu a pena! Valeu a pena esperar, acreditar. Começa hoje a minha vida nova e feliz. Hoje é o meu grande dia!

Os outros meninos estão correndo, brincando no pátio e nem sabem de nada. Estou muito feliz, mas sem coragem de contar pra eles. Sei que vão ficar contentes por minha causa. Mas vão ficar tristes também, porque ainda não aconteceu com eles. E nem sabem se um dia vai acontecer. Eu mesmo já tinha esperado tanto, tanto. Conto agora? Ou deixo pra eles descobrirem mais tarde? O Betão e a Cíntia já sabem. Choraram. Choraram de alegria e de tristeza, misturadas numa coisa só.

"Às cinco horas", tia Elza falou. Às cinco horas é que eles vão chegar. Vai ser o dia mais longo da minha vida. Eu sei que durante esses últimos meses, e já faz quase um ano, eles sempre vieram. Primeiro, só nos domingos. Depois, duas ou três vezes na semana. E, ultimamente, quase todos os dias. Eu também saía com eles, passeava, conversava, me divertia pra valer. Conheci a casa deles, a família toda, e até passei muitos fins de semana lá. Eu sei disso, mas hoje é diferente. É diferente de todos esses dias de visita, de passeio. E, por isso, o tempo parece não passar.

Sabe que agora, enquanto estou aqui esperando por eles, eu acabei pensando numa coisa? É sempre a mãe que espera o filho. Não vê a hora que ele nasça. O pai também fica superansioso.

Mas comigo foi diferente. Pode até ser que a minha mãe tenha esperado por mim com carinho, com alguma alegria. Mas não tem jeito de eu saber disso, não. Coitada, ela morreu no dia em que eu nasci. Nem sei como era o rosto dela. E o meu pai, esse sim, não ligou a mínima para o meu nascimento, nem para a morte da minha mãe. Então eu fui crescendo assim, sem mãe, sem pai. Quer dizer, o pai bem que aparecia de vez em quando, todo sujo, bêbado, e me batia. As mulheres que ele arranjava também adoravam descontar em mim as pancadas que recebiam dele. A favela foi um inferno. O meu primeiro lar.

Depois veio a rua. É que eu não aguentava mais viver naquele barraco cheio de fome e dor, carregando um grande vazio no estômago, no lugar da comida, e recebendo surra, no lugar de carinho. Eu achava que na rua eu poderia encontrar alguma coisa melhor. Só que eu acabei encontrando mais violência, mais fome, mais frio, mais medo... Outro inferno. O meu segundo lar.

Ainda bem que logo apareceu um anjo do céu pra me tirar de lá. Foi a tia Elza quem me viu na rua e me trouxe para o orfanato. Meu terceiro lar. Aqui eu pude conhecer outros meninos iguais a mim. Alguns já marcados pela violência, cheios de dor e revolta no coração. E outros, apesar de tudo, com uma esperança viva nos olhos e na alma, assim como eu. Assim como o Betão e a Cíntia, os primeiros amigos que eu tive na vida. Quase irmãos mesmo.

E também foi esse anjo, a tia Elza, quem me levou pela primeira vez à escola. Que bom poder estudar, poder conhecer um outro mundo. Queria tanto aprender a ler, a escrever. Poder entender melhor as coisas, as pessoas... E a escola era, e ainda é, a minha grande esperança.

Mas, mesmo assim, podendo estudar e morando num orfanato, longe das surras, da fome, do medo, eu ainda não estava completamente feliz. Eu ainda tinha um sonho. Queria uma família. Queria ser um filho desejado, amado, como tantas crianças por aí. Queria tanto...

E é exatamente nisso que eu estou pensando agora. Não tive pais esperando por mim, mas acho que é quase a mesma coisa o que está acontecendo comigo hoje. A sensação de felicidade deve ser a mesma. Só que é o filho esperando os pais. Isso mesmo. Estou aqui esperando, esperando. Esperando a mãe e o pai que vêm me buscar. E eu sei que pra eles, e pra mim, é muito mais do que o nascimento de um filho, de um bebê. É o nascimento de um menino de quase 13 anos! Um menino que quer muito nascer. Quer muito viver.

Mãe e pai, só meus! Filho, de verdade!

Um lar! Uma família!

Obrigado, meu Deus! Vai ser o Natal mais feliz desses anos todos. Vai ser, finalmente, o *meu Natal!*

A AUTORA

Arquivo pesssoal

Nome completo
Sônia de Barros Cerântola

Local e dara de nascimento
Monte Mor, em São Paulo, 24 de agosto de 1968

Cidade em que reside
Santa Bárbara d'Oeste, em São Paulo

Estado civil
Casada

Profissão
Professora de Língua Portuguesa

Formação acadêmica
Letras, pela Universidade Metodista de Piracicaba

Escrever é o que mais gosto de fazer na vida. É um tipo de sede, uma espécie de fome. Não dá pra ficar sem beber água ou sem comer, dá? Escrever é exatamente assim para mim: uma necessidade. Só que a água e o alimento são necessidades do corpo, e escrever é uma necessidade da alma. Se bem que o corpo também sofre quando não posso escrever. Fico doente, de verdade. Mas quando posso, ah, como é bom!

Este é o meu primeiro filho (ops!), livro editado, mas não é o primeiro que escrevi, não. Já faz tanto tempo que escrevo. Nem dá pra saber quando começou. Costumo dizer que eu escrevo desde sempre. Mesmo antes de aprender a escrever, eu já escrevia. Parece doidice, né! Mas é isso mesmo. Eu vivia rabiscando coisas no pensamento: histórias, poesias, músicas. E por falar em música, a outra paixão da minha vida é cantar. (Claro que eu tenho uma paixão especial, que é o meu marido Diógenes. Mas é de outro tipo de paixão que eu estou falando. Essas coisas que a gente gosta muito de fazer, sem nem saber direito por que, e precisa fazer para ser feliz.)

Também faço teatro, e adoro! Já fiz balé clássico, num tempo mágico da minha vida. Curso de desenho, pintura, violão, piano, etc. etc., eu já comecei a fazer nem sei quantas vezes. Eu sou assim mesmo. Começo mil coisas e nem sempre consigo terminar. O motivo é um só: falta de tempo. Sei que essa história de falta de tempo parece coisa de adulto "enrolão", que vive dando desculpas: "não tenho tempo pra isso, não tenho tempo pra aquilo..." Não é desculpa, não. Sou professora — gosto muito do meu trabalho, mas não é só o que eu quero fazer na vida — e isso me toma muito tempo. Então fica difícil atender a todos os pedidos. Que pedidos? Os da alma, claro. Escrever, cantar, representar, pintar, tocar algum instrumento musical... Também, eu precisava nascer assim, com uma alma tão exigente, tão "pidona"? Sem contar que acabei de me casar! É gostoso, afinal o amor é coisa boa demais, mas também exige um bocado de tempo da gente.

Por causa desse mundo de coisas que eu quero e preciso fazer na vida acabei deixando de me preocupar com outras, que a maioria das pessoas considera muito importantes. Por exemplo, eu não sei dirigir automóvel, nem tenho vontade de aprender. Mas qualquer dia desses pode até ser que eu aprenda, de tanto as pessoas me encherem, dizendo que é uma necessidade — o que eu reconheço que às vezes é mesmo. Mas não da alma. Pelo menos, não da minha. Também não sei nadar, e acho que isso não vou aprender, não. Precisa?

Pra encerrar nossa conversa, quero dizer que o meu grande sonho é poder transformar essa paixão maior, que é escrever, na minha profissão, até o fim da vida. Infelizmente, é muito difícil para o escritor, aqui no Brasil, viver do seu trabalho. Mesmo assim, eu acredito que um dia isso vai mudar. Se não acreditasse, não teria insistido tanto nesse meu sonho. Foram longos anos até chegar aqui. E ainda é o primeiro livro editado, ufa! Meu primeiro filho que apresento pra você, com o maior carinho. E com muita, muita emoção!

Sônia Barros

ENTREVISTA

Com certeza você se emocionou com a leitura desta obra, tão sutil, tão delicada, sobre a realização do maior sonho de um menor abandonado. E é natural que, motivado por essa emoção, você queira conhecer um pouco de sua autora.

Vamos entrevistá-la?

Você conhece algum menor abandonado que a tenha inspirado para "construir" a personagem Dudu, ou ele é fruto apenas da ficção?

Apesar de nenhuma criança em especial ter me levado a criar Dudu, eu sinto que ele representa as crianças abandonadas e, felizmente, adotadas que conheço. Também não posso negar que o fato de eu mesma não ter sido criada por meus pais biológicos acabou influenciando a criação da personagem — embora minha história de vida seja bem diferente da história de Dudu.

Quando se fala em menores abandonados, logo vêm à cabeça das pessoas em geral os pivetes e sua agressividade contra a sociedade da qual se sentem excluídos. O Dudu faz o leitor repensar o seu ponto

de vista sobre eles, Você teve essa intenção com este seu trabalho?

Sim, quis afastar-me dessa generalização que normalmente é feita em relação ao menor abandonado — o que leva, inclusive, muitas pessoas a dar preferência, no momento da adoção, aos bebês recém-nascidos. Tentei mostrar que existem muitos "Dudus" à espera de ajuda e de um lar. Crianças sofridas, carentes, em conflito com a ideia de rejeição e abandono, mas que também podem ser alegres, generosas, sensíveis, inteligentes, receptivas ao afeto, à amizade, e até mesmo a uma nova vida.

A adoção mudou totalmente a vida de Dudu. Você vê a adoção como uma atenuante para o problema do abandono da criança no Brasil?

Embora não resolva o problema, a adoção pode ser, sim, uma atenuante, na medida em que tira crianças das ruas, impedindo que outras tenham o mesmo destino. Porém, as causas desse grave problema social deveriam ser mais rigorosamente combatidas.

Sabe-se que a adoção é um processo lento e complicado e que muitos acabam desistindo, por causa das dificuldades encontradas. Você acha que a legislação deveria ser mais simplificada, para que um maior número de pessoas aderissem a ela?

Sim, pois a situação de abandono em que vivem nossas crianças é tão alarmante, que chega a ser incoerente tanta exigência, lentidão e rigor para legalizar uma adoção. Posso afirmar isso por experiência pessoal, pois minha mãe adotiva acabou desistindo do processo e conseguiu apenas um termo de guarda, que lhe garantia o direito de se responsabilizar por mim somente até meus 18 anos.

COTIDIANO
entre linhas e letras

DIÁRIO AO CONTRÁRIO

SÔNIA BARROS

ROTEIRO DE LEITURA

Com quase 13 anos, Dudu recebe o maior presente de sua vida. Passado algum tempo, ele é apanhado pela súbita vontade de registrar, num diário, o que tinha acontecido, justamente ele, que sempre foi mais de jogar bola e de nadar, e que reclamava à beça quando a professora pedia uma redação.

Mas como escrever um diário, se o que ele mais queria deixar registrado acontecera há dois meses?

A solução foi fazer um "diário ao contrário", em que ele vai anotando, do presente para o passado, as coisas mais importantes de cada dia que passou, até aquele maravilhoso 24 de dezembro.

entrevistas com gerentes de bancos e de outras firmas que fazem esse tipo de patrocínio para saber como ele funciona, quais são seus objetivos, etc.

21. No sábado de 12 de fevereiro, uma dor de dente faz com que Dudu acorde "vendo estrelas". Indo com a mãe ao dentista, ele tem a surpresa de conhecer uma bela profissional que o convence a cuidar dos dentes para ficar "com um sorriso lindão". Convide um(a) dentista para fazer uma palestra sobre a saúde da boca e dos dentes.

22. Você conhece o Estatuto da Criança e do Adolescente? Procure consegui-lo e estude-o com a classe ou com um grupo de amigos interessados em ficar "por dentro" de leis que lhes dizem respeito. Obtenha informações sobre o processo de adoção de crianças no Brasil, para saber como funciona, quais as exigências feitas a quem pretende adotar, etc. Se não entender alguma coisa, peça ajuda ao professor.

SUGESTÕES PARA REDAÇÃO

23. Redija com a classe, num tom bem formal, uma carta dirigida ao prefeito da cidade, na qual devem ser apresentadas as melhores sugestões levantadas pela turma para amenizar os problemas dos menores abandonados. Apoie suas sugestões em leis e em artigos do Estatuto da Criança e do Adolescente.

24. Imagine que Dudu, antes de receber a visita de Cíntia e Betão, tivesse escrito a eles uma carta contando sobre sua nova vida. Como se fosse a personagem, escreva-lhes essa carta num tom bem informal, como pede a situação.

25. Faça uma descrição física e psicológica de alguém de sua família. Observe bem essa pessoa e organize suas ideias antes de escrever.

26. Tente compor um *rap* que fale sobre o menor abandonado, ou mesmo que conte a história de Dudu. Cante-o e dance-o com um grupo da classe.

Atual Editora

canção “Rock da cachorra”. Procure ouvi-la e veja com que espírito de sátira e bom humor ele faz uma proposta para resolver o problema do menor abandonado. Comente a letra da música.

16. Chico Buarque tem uma música chamada “Pivete”, que está no disco *Paratodos*. Tente conseguir a letra e discuta-a com a classe. Se possível, ouça a música e cante-a com a sua turma.

17. Você já assistiu ao filme *Pixote*, de Hector Babenco? Se não, peça ao professor para exibi-lo para a classe, no vídeo da escola. Compare-o com o livro *Diário ao contrário* e confronte sua opinião a respeito das personagens das duas histórias com a de seus colegas.

18. Procure em uma antologia poética de Carlos Drummond de Andrade o poema “No meio do caminho”. Treine, em grupo, uma leitura bem expressiva do poema para a classe. Reflita sobre as palavras de Dudu, no dia 9 de fevereiro: “É como se colocassem pedras para eu tropeçar, sabe? Nem bem desvio de uma, aparece outra.
É uma barra, Diário. Uma barra! Ainda bem que existem pessoas legais, que me entendem, me aceitam e até me defendem quando é preciso. Assim como a professora Dilma fez hoje. Uma pedra a menos no caminho!”.

ATIVIDADES INTERDISCIPLINARES

(Sugestões para História, Geografia, Artes e Ciências)

19. Na aula de História do dia 18 de fevereiro, a professora de Dudu falou sobre a origem da família, explicou como eram as primeiras famílias, onde viviam, seus costumes, suas crenças, como foram se modificando. Faça uma pesquisa sobre o assunto.

20. O banco do pai de Dudu patrocina peças de teatro e outras apresentações artísticas, o que é importante para incentivar a cultura no país. Tente marcar

POR DENTRO DO TEXTO

Enredo — Tempo

1. Ao construir uma narrativa, o autor se utiliza de certas estratégias para garantir a atenção do leitor, deixando-o cada vez mais interessado na história.

Responda:

a) O que o narrador-personagem quer dizer com esta história, que vai se desenvolvendo numa sequência contrária à do tempo cronológico?

b) Se a sequência escolhida tivesse sido a do tempo cronológico, de que ponto a história começaria? Com este procedimento, teria sido possível destacar o que foi destacado?

2. O narrador esconde, propositalmente, o que revela somente no último dia do diário ao contrário, criando, assim, um grande suspense. Este vai sendo alimentado, durante seus relatos, com "insinuações" como esta, registrada no dia 20 de fevereiro:

"[...] eu e o Juca ficamos conversando até de madrugada. E ele me disse que me acha um cara legal, amigo mesmo, e que não importa tudo o que aconteceu comigo antes de a gente se conhecer. O que importa é *hoje*, o que eu sou *agora*."

Releia com atenção o registro de alguns dias do diário e anote outras "insinuações".

nascimento, situação essa que constitui um dos momentos de maior emoção do texto. Fale sobre este momento da história.

____

____

____

____

____

Personagens

8. Dudu, a personagem central deste *Diário ao contrário*, diz que alguns dos meninos abandonados como ele já são "marcados pela violência, cheios de dor e revolta no coração". E outros ainda mantêm "uma esperança viva nos olhos e na alma".

Responda:

a) Como é Dudu? Descreva a vida dele.

____

____

____

____

____

b) Como são Cíntia e Betão?

____

____

____

c) Como você acha que a sociedade em geral vê o menor abandonado?

____

____

d) Dudu considera a tia Elza um anjo. Por quê? Você acha importante que haja pessoas como ela?

____

____

____

____

____

9. Nas narrativas há sempre um protagonista, a personagem central, que é o sujeito da ação, e um oponente, a personagem que coloca obstáculos ao protagonista (não precisa necessariamente ser uma pessoa). O protagonista desta história é Dudu, que, de certo modo, representa o menor abandonado com seus anseios, suas esperanças, seu sofrimento. Relacione a seguir quais são, a seu ver, os oponentes de Dudu antes e depois de sua adoção.

Foco narrativo — Linguagem

10. Você já sabe que autor e narrador não são a mesma pessoa. Veja que isso pode ser percebido logo no início do texto, na frase:

    "Na escola, quando a professora pedia pra fazer redação, eu era o *primeiro* a reclamar". O narrador, portanto, não é Sônia Barros, e sim Dudu, uma personagem que vive e conta esta história.

    Você acha que essa escolha do narrador foi feliz, ou a história poderia ter sido contada, com a mesma emoção, do ponto de vista de tia Elza, por exemplo, ou do ponto de vista da mãe?

11. A linguagem empregada pelo narrador está de acordo com a de uma pessoa com as características de Dudu?

DO TEXTO AO CONTEXTO

12. Ao se referir a Cíntia e Betão, seus amigos do orfanato, Dudu diz:

"Pena que a vida deles continua daquele jeito... Ah, diário, se eu pudesse fazer alguma coisa pra mudar tanta injustiça e maldade nesse mundo, eu faria. Juro que faria! Mas o quê? O que é que eu posso fazer, hein, Diário?" (5 de fevereiro)

E você? O que faria para mudar a injustiça e a maldade cometidas contra menores? Peça ao professor que divida a classe em equipes, as quais deverão propor sugestões. Ao final, cada equipe expõe as suas opiniões, e as melhores farão parte de uma carta a ser redigida nas atividades propostas para redação.

13. No registro do dia 6 de fevereiro, Dudu anota: "Sempre que a minha mãe fala alguma coisa pra mim, o meu pai assina embaixo. Quer dizer, ele concorda com ela. [...] Eles dizem que é muito importante os pais falarem a mesma língua com os filhos, senão cada um fala uma coisa diferente, um manda, outro desmanda, e aí vira uma bagunça".

Reflita e responda: Na sua casa também é assim? Você concorda com essa ideia?

---

14. "Quem nunca sofreu na vida e sempre teve tudo o que quis adora reclamar por qualquer bobagem. Parece que não dá o menor valor para as coisas que tem. Se a Liliane tivesse vivido metade de tudo o que eu vivi, seria bem diferente..." Estas são as palavras que Dudu disse a respeito de sua prima, no dia do seu aniversário, 16 de fevereiro. Converse com outras pessoas que você sabe terem sofrido por algum motivo como doença, dificuldades financeiras, ou outro problema qualquer. Pergunte-lhes se foi possível tirar algum saldo positivo do sofrimento. Analise a resposta de seus amigos e formule sua opinião a respeito das palavras de Dudu.

OUTROS TEXTOS, OUTRAS LINGUAGENS

(Música, Cinema e Poesia)

15. Você conhece o cantor Eduardo Duzek? Se não, procure em lojas de discos ou com amigos um antigo disco dele intitulado *Cantando no banheiro*, no qual há a

3. Por meio de "insinuações", como as que você observou para responder à questão anterior, o leitor vai conhecendo fatos da vida da personagem anteriores ao dia 24 de dezembro. Cite alguns desses fatos.

____

____

____

4. Também é possível a um leitor atento desconfiar que a personagem fala do seu pai legítimo no dia 13 de fevereiro, relatando um sonho que teve. Releia o trecho e indique algumas referências pelas quais é possível supor que a pessoa do sonho era o pai da personagem.

____

____

____

____

____

____

5. O narrador-personagem não deixa "escapar", em nenhum momento, que os pais com quem convive no presente não são legítimos. Por quê?

____

____

____

____

____

6. Considere o dia escolhido para a adoção de Dudu. Indiscutivelmente, esta escolha foi outra "boa jogada" do autor para a construção desta narrativa. Comente esta afirmação.

____

____

____

____

____

____

7. No fim da história, Dudu, como ocorreu com o seu *Diário ao contrário*, se vê numa situação contrária à que ocorre com as pessoas em geral, por ocasião do

Dudu diz que quem tem muita facilidade em conseguir as coisas não valoriza o que tem. O que você pensa da influência de uma educação muito permissiva quanto ao aspecto que Dudu mencionou?

Por todas as experiências vividas, não sou favorável a uma educação permissiva, que não imponha limites, direitos e deveres. Reconheço que educar um filho é uma tarefa difícil. Ainda não sou mãe, e a ideia que eu tenho a respeito da educação dos filhos é baseada na que recebi. Aprendi, desde cedo, a lição da espera, da luta, da perseverança, do trabalho. E assim passei a valorizar cada pequena conquista. Toda criança deve aprender a ouvir os prováveis "nãos" em sua vida. Deve aprender a lutar por aquilo que deseja, e mesmo que seus pais tenham condições de lhe dar tudo, que o façam com cuidado e moderação, de maneira a não desvalorizar o que é dado e a não tirar o sabor — e mesmo a angústia — da espera, o prazer da conquista.